TOKYO-TO
DOJO-TO

QUDAN RIE

トーキョートドージョートー

クダンリエ

東京都同情塔

九段理江

新潮社

東京都同情塔

カバー写真　安藤瑠美「TOKYO NUDE」

バベルの塔の再現。シンパシータワートーキョーの建設は、やがて我々の言葉を乱し、世界をばらばらにする。ただしこの混乱は、建築技術の進歩によって傲慢になった人間が天に近付こうとして、神の怒りに触れたせいじゃない。各々の勝手な感性で言葉を濫用し、捏造し、拡大し、排除した、その当然の帰結として、互いの言っていることがわからなくなる。喋った先から言葉はすべて、他人には理解不能な独り言になる。独り言が世界を席巻する。大独り言時代の到来。

体がぼんやり反射する、浴室のよく磨かれた黒いタイルの壁面に、私はまたひとつの未来を見ている。建築家には未来が見える。建築家が見ようとしなくても、未来はいつも自分から、建築家の前に姿を現す。

シンパシータワートーキョー？

名前のことを考えるのはもちろん建築家の仕事の範疇を超えていたし、疑問を持ったところで状況を変える権限もないのに、水圧の強いシャワーを顔に受けた瞬間、

シンパシータワートーキョー

の音、文字の並び、意味、タワーの周囲を取り囲む権力構造、何もかもが気になり始めて、もう元には戻れなくなった。

それまで私の内部では単に「タワー」と呼んでいて、何も不足はなかったのだ。コンペの話が舞い込んできてからも、事務所内では「例のタワー」で話は済んでいた。今後、「タワー」が何と呼ばれようと、エキセントリックな名称候補が出揃い世間を騒がせようと、知ったことではない。それはもう私の中では「タワー」で固定され、「タワー」以上にも以下にもならない塔であるはずだった。「タワー」以外の意味を持たず、タワープロジェクトの中身にはコミットしないことを、私は既に審議し、選択を終えた段階にあった。デザインコンペの参加条件に、建築家がタワープロジェクトに同意しているか否かは含まれていない。にもかかわらず、「タワー」が突如「シンパシータワートーキョー」に取って代わられると、

それは急に質感を獲得してべたべたと粘つき脳みその皺にへばりついた。水をかけてもかけても剝がれない。経験上、とても悪い兆候だ。

狂ってる。何が？　頭が狂ってる。いや、「頭」はあまりに範囲が広いか？　違う、むしろ狭いのだ。それに、「頭が狂ってる」と言うと、精神障害者に対する差別表現とも受け取られかねない。ここは「ネーミングセンス」くらいでいいだろう。じゃあ誰の？　誰のネーミングセンスが狂ってる？　日本人の。ＳＴＯＰ、主語のサイズに要注意。ＯＫ、それなら「有識者」で――と、鍵のかかった私の頭の中に誰も入れるわけがないのに、オートモードでワードチョイスの検閲機能が忙しなく働く。知らない間に成長を遂げている検閲者の存在に私は疲れを覚え、エネルギーチャージのために急激に数式が欲しくなる。数式にはそれでしかあり得ない正解がある。数字の立場をあれこれと慮って正解を書き換えていく必要がない。数字という、世界共通言語の信頼性と平等性が恋しい。しかし浴室のどこにも数式が見当たらない。あるのは「シンパシータワートーキョー」、「バベルの塔」、「有識者」。

それで、「有識者」が寄って集まり、散々に知恵を絞って、議論を尽くしたであろうその結果、なぜリゾートホテルみたいな語感の言葉に辿り着いてしまった？　しまった、とナチュラルに出てくるからには、やはり私はその事実をネガティヴにとらえているわけだ。「ネガティヴ」？　そんな生易しい言葉じゃ全然足りない。直感はＮＯを叫びまくっている。この世にそれは存在するべきではないと感じている。「シンパシータワートーキョー」が体の中に入ってくることを全身が拒んでいる。そうだ、さっきから何かに似ていると思ったらこれは、レイプされている気分だ。

　私は長く取り出す必要を感じていなかった記憶を、シャワーが出すホワイトノイズの隙間に並べてみる。私はレイプをされた。事実、私よりも力の強い男が、高校生だった私の体を押し倒し、犯した。といっても、今の自分とは別の種類の好奇心と肌質と欲望を持ったその女の子のことを、ここにいる中年の建築家の女と結びつけるのはあまりにも現実を歪め過ぎている気もする。私は今では中途半端な丈の白のソックスにローファーなんて死んでも履かない。彼女のことはひとまず別の名前で呼ぶことにしよう。単純だけれど、数学が好きだったから「数学少女」。数学少女はレイプをされて「レイプをされた」と主張したが、彼女をレイプした男と、話を聞いてくれた人々が、それを「レイプではなかった」と判断した。「レイプではなかった」理由として彼らが挙げたのは、レイプをした男が数学少女の恋人であり、数学少女が好きな男で、数学少女の方から男を家に誘ったから、というものだった。数学少女は、好きな男にされたその行為を、誰もが認めるレイプとするだけの言葉を持っていなかった。だから彼女はレイプをされたことがないことになっている。

　そういうわけだから私は、実際のレイプ被害者の痛みを知らないことになっている。そんな私が「レイプされている気分だ」と言う資格はない。軽率で、本物の被害者への配慮に欠ける。しかしたとえ不適切な誇張表現であったとしても、「シンパシータワートーキョー」の登場によって体が押し倒され犯され汚されていくのを感じている女がここにいるのも嘘偽りない事実だ。もし、いつか本当に私の体が同意なく、「恋人でもなく好きでもない男」に犯される日が来たら、私が今感じている肉体感覚はまったくの見当外れだったと反省するのかもしれない。あるいは本物のレイプの痛みを知れば、公の場で堂々と胸を張って「レイプされている気分だ」と発言する資格が与えられるのかもしれない。そして当事者になることによって、それはシンパシータワートーキョーに異を唱える説得力のある強力な材料にだってなり得るのかもしれない。いや、今から嫌な思いをして本当の当事者になりにいく必要はない。大人になって素足にイタリア製のパンプスを履いている私には、言葉もあれば知恵もある。つまり、私を「レイプしていない」と言ったあの男のことを「好きだった男」ではなく「好きではなかった男」と言い換えて、「レイプではなかった」を、今から「レイプだった」にすればいい。

いい？

シャワーで軽く汗だけ流して出るつもりが、体が汚れた感覚になったせいか、いつのまにか髪を洗い、体を隅々まで洗っている。家の風呂に入るときは大抵疲れきった深夜で、食器を洗うのと何ら変わりない流れ作業的に皮膚の表面にボディソープをつけて流すだけだが、初めて泊まるホテルのシャワーが「体を洗う」行為を意識的なものへと変えていく。シャワーヘッドの水流は四つのモードに切り替えることができた。後でシャワーヘッドブランドのホームページを見てみると、「ミストモード」にはウルトラファインバブルという最新テクノロジーが搭載されていると書かれていた。通常のシャワーヘッドの泡が直径〇・三ミリであるのに対し、ウルトラファインバブル搭載のシャワーヘッドの出す泡のサイズは〇・〇〇〇〇一ミリ、「かつてない超極小泡が実現」されているという。このかつてない泡が肌の角質層まで浸透し、毛穴の汚れを吸着するばかりでなく、髪や肌の保湿効果を高めるらしい。

きめ細かいミストが肌を撫ぜるやわらかな感触が、体を洗うという行為の目的は肉体を清潔にすることにあり、肉体を清潔にするとは突き詰めれば毛穴を清潔にするということなのだった、と確認を促してくる。今日、衛生観念を持った人なら誰でも、「歯みがき」の本質は「磨く」ではなく「歯垢除去」にあると知っている。歯の表面をブラシで磨くよりも、歯と歯のあいだにフロスを通し、歯茎に溜まる歯垢を取ることに注力する方が、むしろ歯周病や虫歯の予防効果を高める。したがっていつまでも口の中のケアに対して「歯みがき」や「ブラッシング」などとズレた呼称を使い続けるのは、下の世代の口腔環境のためにならない。下の世代のためにならないということはつまり、未来のためにならないということだ。

いまだにこの悲劇的な状況を変えようという動きがないのは、歯科業界が未来について考える気がないからか、それとも歯科業界が思い描く未来とはみずからの利益を守るために虫歯に苦しむ患者を増やし続けていくことなのか？　また利権か。で、声が大きいのはどこの団体？　それはそうと、君はこんなに奥深くまで洗浄されることを、本当に望んでいたのですか？

口がきけない毛穴にろくでもない疑問を投げかけたあと、思考は再びシンパシータワートーキョーへ向かっている。なぜ、シンパシータワートーキョーでなくてはいけない？　シンパシータワートーキョーが他の名称よりも適切であると判断が下された理由は？　そしてタオルで体を拭く頃には、主語のサイズ感を微塵も考慮しないひとつの結論に着地している。

日本人が日本語を捨てたがっているからだ。

日本人が日本語を捨てたがっているのは何も今に始まった話ではない。一九五八年、日本電波塔の愛称に「東京タワー」が選ばれたのは、名称審査会の中に日本語を忌避した日本人がいたからだ。一般公募でもっとも多くの支持を集めていたのは「昭和塔」だった。次いで「日本塔」、「平和塔」、「富士塔」、「世紀の塔」、「富士見塔」と続きながら、しかし結果的に応募数第十三位の「東京タワー」に決まったのは、ある審査員の『東京タワー』を措いて他に無し」の鶴の一声によるものだった。仮に、公平な多数決によって「昭和塔」に決定していたとしたら、きっと今頃あの黄赤と白の塔には、取り残された過去の遺物のような古臭さがついてまわっていただろう。昭和生まれの人間が時代遅れの象徴として扱われ始めているのと同じような現象が起こったはず。結果、今では日本人の大多数が「東京タワー」に納得し、東京タワーに東京タワー以外の名称など考えられないと思っている。強引ともいえる当時の決定は賞賛されるべきだと言うこともできる。民主主義に未来を予測する力はない。未来を見ることはできない。

私には未来が見える。

まだ起こっていない未来を、実際に見ているかのように幻視する。何も知らない人たちは、これを才能だとか超能力だとかアーティスティックなインスピレーションだとか言おうとするけれど、もちろんただの職業病の一種に過ぎない。巨大建築の設計を一度でも経験したことのある建築家なら、誰もが同じ病にかかっている。扱う建物の規模が大きくなるほど、都市の風景への影響が大きくなるほど、病は進行する。一度建てたら取り返しのつかないものを構想するのに、「未来は誰にもわからない」などと悠長な寝言を言っているようでは話にならない。

幻視を二次元の線に写したドローイングのうち、九十九・九パーセントは二次元世界に留まる。本当に「世界を起こす」ためには当然、幻視を描き起こすだけでは足りない。建築家の前に出現した美しい幻を現実化するには、実際的な技能も同じくらい必要だ。予算と工期を計算すること。権力にすり寄るのを恥じないこと。その建物がその形状をしていなければならない理由を、素人にもわかる言葉ででっち上げること。これらの技能のうちひとつでも欠けていたら、きっと私は美術館の壁に飾るためのお絵描きでもして暮らしていただろう。でも私にとってそんなのはとても現実の仕事であるとは言えない。

「個展のオファーを受けることもありますが、私は絵画の制作に興味はないのです。私のドローイングは建築を構想するためのアイデア出しに過ぎません。ポルノを見ただけで『女を知った』なんて満足してほしくはない。私はあくまで、実際に手で触れられ、出入り可能な、現実の女でありたいということです。みずから築いたものの中に、他人が出たり入ったりする感覚が、最高に気持ち良いのです」

　インタビューなどでドローイングと建築の違いについて説明を求められると、私は毎回このメタファーを使って答えていた時期があった。誇張でも見栄でもない、自信を持って自分の考えを素直に伝えるのにぴったりの表現だったし、一連の仕事を端的に理解してもらう上で、スムーズな答え方だと思ったのだ。でも、後日あがってくる記事ではその箇所が例外なくカットされているので、ここ五年は話していない。編集者が「重要ではない」、「適切ではない」、あるいは「おもしろくない」と判断しているか、事務所の秘書が牧名沙羅《マキナサラ》のパブリックイメージを考え、先方に前もってカットするよう指示をしているのかもしれない。いずれにせよ、牧名沙羅という建築家が、本当はどのようなヴィジョンで仕事をしているかなんて誰かに知らせる必要などないと、彼らは結論したのだろう。

シャワーヘッドと同じブランドの、やはり保湿効果を売りにしたドライヤーで髪を乾かし終えて、持参したヨガマットをカーペットの上に敷く。マットの上で、仕事に取りかかる前のルーティンのロングヴァージョン——ピラティス→ビョークの「カム・トゥ・ミー」をフルコーラス歌唱→座禅を組みエロティックな妄想を膨らませる→妄想を抑圧するための太陽礼拝三周→オリジナルのマントラをゆっくりと八回唱える。「私は弱い人間です。私は私の弱さを知っています。私は私の欲望を完全にコントロールできます。私を動かすものは常に私由来の意志であり、私は私の言葉、行動すべてに、責任を取らなくてはいけません」。呼吸を整え、今日も仕事ができますようにと強く念じてスケッチブックを広げる。空白に全神経を集中する。

けれど、頭に浮かんでくるのは依然言葉だけだった。仕方なく、脳内のゴミを掃き出すように文字を書き出していく。浮浪者＝ホームレス。育児放棄＝ネグレクト。菜食主義者＝ヴィーガン。少数者＝マイノリティ。性的少数者＝セクシャル・マイノリティ。自分の手から書かれたとは信じたくないような文字に、辟易する。

誰よりも正確にデッサンをする自信はあるし、漢字を覚えるのもクラスで一番早かった。でもカタカナを書くことに関してはどれほど練習してもだめだった。小学生でも外国人でも、もっと上手く書く。事務所のスタッフからは、「精神に異常を来した連続猟奇殺人犯が書くような字」と評されたことさえある。私はカタカナをデザインした人間とは酒が飲めない。美しさもプライドも感じられない味気ない直線である上に中身はスカスカで、そのくせどんな国の言葉も包摂しますという厚顔でありながら、どこか一本抜いたらたちまちただの棒切れと化す構造物に愛着など持てるわけがない。生理的嫌悪がどうやっても私のカタカナを歪ませる。数年前に東京で独立したとき、建築仲間たちから国際コンペでも通りがいいようにと「サラ・マキナ・アーキテクツ」を強く推されていなかったら、事務所の名前も普通に「牧名沙羅設計事務所」にしていただろう。カタカナを書く機会を不用意に増やしたくない。

母子家庭の母親＝シングルマザー。配偶者＝パートナー。第三の性＝ノンバイナリー。外国人労働者＝フォーリンワーカーズ。障害者＝ディファレントリー・エイブルド。複数性愛＝ポリアモリー。犯罪者＝ホモ・ミゼラビリス。……ずさんなプレハブ小屋みたいなその文字たちを、冷やしたミネラルウォーターに浮かべて口の中で転がしてみる。

外来語由来の言葉への言い換えは、単純に発音のしやすさや省略が理由の場合もあれば、不平等感や差別的表現を回避する目的の場合もあり、それから、語感がマイルドで婉曲的になり、角が立ちづらいからという、感覚レベルの話もあるのだろう。迷ったときはひとまず外国語を借りてくる。すると、不思議なほど丸くおさまるケースは多い。

そういえば、と私は埼玉のコンサートホールの設計を手掛けた頃のことを思い出す。内部空間の施設配置について事務所内で案を出し合っていた際、あらゆるジェンダーの人が利用可能なトイレの区画に「全性別トイレ」と設計図にメモしておいたら、ファイルをシェアした直後に「ジェンダーレストイレ」と修正されていたことがあった。一番若いアシスタントが書き直したようで、「時流に沿っておらず厳密さと洗練さに欠けるうえ当事者への配慮に欠けるためです」と彼女——当時は彼だったが——はSlackに書いていた。私は無意識的にカタカナを避けたのと、「男性トイレ」「女性トイレ」にレイアウトを揃えるために「全性別トイレ」と記しただけだったから、以後は「ジェンダーレストイレ」と改めるようになった。スペースに限りがある場合は字をなるべく小さく書く必要が出てくるわけだが、ジェンダーレスの人々がそうではない人々から「全性別」と無配慮にカテゴライズをされる苦痛に比べれば、文字の大きさに注意し苦手なカタカナを書くのに耐えることなど、もちろん苦痛のうちに入らない。苦痛などと感じるべきではない。どこのトイレに入るかを一度も迷ったことがない私は、どのような表記を採用するにせよ何ひとつ傷付かない。傷付くべきではない。

では、「シンパシータワートーキョー」はどうなのだろう？

スケッチブックを完全には載せ切れない、ホテルの小さなデスクから離れて、ベッドに体を横たえる。ため息と深呼吸を抱き合わせた息を一緒に吐く。呼吸の分だけベッドの上のPCが傾き、検閲者を呼び出して名称会議を脳内で始める。とにかくこれを片付けないことには、仕事に取り掛かれそうにない。

それはたとえば、「刑務塔」（と私は仮に対抗の候補を与える）よりも時流に沿い、厳密さと洗練さの点で優れ、当事者への配慮が行き届いたネーミングだろうか？　平等性という観点では、両者にそれほど差があるとは思えない。発音のしやすさについてはどうだろう？「刑務塔」の方が音節数が少ないうえ、語呂が良いように感じられるけれど、これも結局は感覚の問題だ。感覚の問題といえば、漢字の羅列は堅い印象を与え、ランドマークとしての親しみやすさに欠ける懸念があるのかもしれない。とはいえ、建物の用途を勘案すれば、多少なりとも「堅さ」を含んだ名であるべきではないか――そこにはある種の「重さ」や「厳しさ」も含んで然るべきだ――というのが、昭和生まれの人間の率直な感想なのだった。あるいは一九五八年当時の大正生まれ、明治生まれも「東京タワー」に似たような違和感を持ったのかもしれない。とすれば、私にはまだじゅうぶんに未来が見えていないのだろう。

そんなにも執拗に名前のことが気にかかるのが、自分でも奇妙だった。私は言語の専門家でもコピーライターでもナショナリストでもないのだ。当然、服役中の知り合いもいない。幸いにも——私はそれを「幸い」と言うことに、今のところまったくためらいを覚えない——犯罪行為にも犯罪者にも関わりのない人生を生真面目に歩んできた。今回のタワープロジェクトに対し確固たる意見があるわけでもない。逐一自分のスタンスをTwitter——「Twitter」には別の新しい呼び名があったような気がする、何だっけ？——で表明しておかずにはいられない文化人、知識人みたいな人種——この文脈で「人種」は不適切？　何て言ったらいい？——とも違う。

とにかく、私が考えなくてはいけないのは器なのだ。器の形状、構造、素材、予算、工期。器の中にどんな中身を入れ、思想を込めるかを決めるのは他人の仕事なのだ。社会の問題なのだ。私は建築家なのだ。放っておけばいい。

それにしても、ただの言葉から軽いだの重いだの堅いだのやわらかいだのと、ありもしない想像上の感触を勝手に受け取って、実際に傷付いたりするのはいかにも奇妙で、

「あわれな、
　同情されるべき、

ホモ・ミゼラビリス」

生まれて初めて発声したそれは、語感だけでいえば決して悪くないと思った。少なくとも私の言語感覚はその言葉を発声することに対し、アレルギー反応を示さなかった。文脈を無視してただなんとなく言ってみたくなる言葉というものがあるが、ホモ・ミゼラビリスもたぶんそれに近い。「犯罪者」の呼称が継続的に使えるのならもちろんそれに越したことはない。けれど、世の中が完全に「ホモ・ミゼラビリス」に移行するとしても私は当面大丈夫そうだ。人前でも噛まずに言えるだろうし、何事も慣れるのは早い。あわれな、同情されるべき、ホモ・ミゼラビリスの皆さん。

ところで、どうしてラテン語なんだっけ？

Sara：【ホモ・ミゼラビリス、ラテン語の理由】

私は腕を伸ばしてPCを引き寄せる。シャワーヘッドブランドのホームページと、Wikipediaの「東京タワー」のページを同時表示させていた画面を切り替える。寝転がったまま人差し指と中指をキーボードの上で踊らせ、AI-built《ビルト》に話しかける。

AI-built：【「ホモ・ミゼラビリス」とは■】

builtは即座に文章を構築する。体言止めで話しかけてもスルーしないのが文章構築AI

の好きなところだ。それが言葉でありさえすれば何だって、とりあえず反応を返してくれる。
　彼はいじらしいほど懸命に、文章を積み上げていく。
AI-built：【ホモ・ミゼラビリスとは、社会学者で幸福学者のマサキ・セトが提唱した、比較的新しい概念です。セトは著書『ホモ・ミゼラビリス　同情されるべき人々』において、従来「犯罪者」と呼ばれ差別を受けてきた属性の人、また刑事施設で服役中の受刑者、非行少年を指して、その出自や境遇やパーソナリティについて「不憫」、「あわれ」、「かわいそう」といった同情的な視点を示し、彼らを「同情されるべき人々」、つまり「ホモ・ミゼラビリス」として再定義しました。またセトは、従来の意味における非犯罪者を、「幸せな人々」、「祝福された人々」を意味する「ホモ・フェリクス」と定義しています。「ホモ・フェリクス」がみずからの特権性を自覚する必要性を主張し、社会的な立場や属性による偏見や差別を考えるきっかけを提供しました。これらの新しいパースペクティヴは、単に犯罪行為だけでなく、社会全体に対する意識改革を促す重要な要素であり、誰一人取り残さないソーシャル・インクルージョンとウェルビーイングの実現に欠かすことができません。『ホモ・ミゼラビリス　同情されるべき人々』は若年層を中心に支持を集め、累計発行部数■】
　訊いてもいないことを勝手に説明し始めるマンスプレイニング気質が、彼の嫌いなところだ。スマートでポライトな体裁を取り繕うのが得意なのは、実際には致命的な文盲であるという欠点を隠すためなのだろう。いくら学習能力が高かろうと、ＡＩには己の弱さに向き合う強さがない。無傷で言葉を盗むことに慣れきって、その無知を疑いもせず恥じもしない。人間が「差別」という語を使いこなすようになるまでに、どこの誰がどのような種類の苦痛を味わってきたかについて関心を払わない。好奇心を持つことができない。「知りたい」と欲望しない。

彼が一刻も早く質問文を思い出し、回答を軌道修正してくれることを信じて待ったが、傲慢なその態度に私は堪えきれず、文章の完成を見ずに画面を閉じかける。それでも釈然としないものが残り、質問を追加する。

Sara：【君は、自分が文盲であると知っている?】

AI-built：【いいえ、私はテキストベースの情報処理を行うAIモデルですので、文盲ではありません。

そして「文盲」は、侮辱や軽蔑の意味合いを持つ可能性のある差別的表現です。相手を傷付ける可能性があるため、使用を避けるべきです。この言葉を使うことで、他人の能力や知識を軽視したり、尊重しない態度を示すことのないよう、配慮しなければなりません。識字能力が不足している状況に対しては、差別的な態度を持つのではなく、教育や機会の提供を通じて識字率を向上させることが重要です。識字能力不足を解消するためには、適切な支援

とリソースを提供することが大切です。差別のないコミュニケーションを心がけなくてはいけません。】

Sara：【なぜ?】

AI-built：【差別のないコミュニケーションは、共感、理解、協力を促進し、より包摂的で幸福な社会を築くための重要なステップだからです。■】

デスクを消しゴムのカスで溢れさせてもアイデアの切れ端さえ出てこないまま、約束の十八時になる。よそ行きの服に着替えてエレヴェーターでロビーに降りると、拓人《タクト》は二、三人掛けソファを独占するように斜めに腰かけ、光沢のある黒いキャップを深く被っていた。誰も話しかけるなというオーラを出している、不機嫌な芸能人みたいな姿がなんだか新鮮だった。

「吐き気がするんだ」拓人が顔を上げる。ニキビもシミもない、脱毛が完了したばかりの発光するような白い肌。

「この暑さ異常でしょ。本当にこんなところでオリンピックをやったなんて信じられない」

「あら、ごめんなさい」なぜかとっさに謝罪の言葉が出る。まるで猛暑の東京を代弁しているみたいに。

拓人と二人で会うのは三回目だった。一回目は北青山のレストラン、二回目は彼のアパート近くの、客同士が密着する満員電車みたいな焼き鳥屋だった。彼はどちらの店でもぴんと張った背筋と、穏やかで隙のない微笑みと、丁寧な言葉づかいをずっとキープしていた。キープ、という意識さえもおそらく働いていないくらい自然に、表参道の路面店に立って仕事をしているときと変わらない「接客モード」な礼儀正しさを崩さなかった。常に姿勢を正しているのは、高級なシャツに皺が寄らないための工夫でもあるのだろう。彼はプライベートでも自分が勤める老舗のハイブランドの服をよく着た。創業者のイタリア人の名前がそのままブランド名になっている店だ。シャツ一枚の相場が八万円から十二万円。彼はパジャマでさえも適当なものは買わない。高級志向が強いというのではなくて、デザイナーに敬意を持てるか、そして実際に身に着けて自己肯定感が上がるかどうかが、服を選ぶ際の基準であるらしかった。外部からの承認のためではなく、純粋に自分自身のフィジカルとメンタルを労わるために金と時間を使うライフスタイル。そして私がシャワーヘッドの種類なんかをいちいち気にするようになったのも、明らかにその十五歳年下の、新しい友人の影響なのだった。

「かわいそうに。熱中症?」

彼の小さな頭に手を乗せる。キャップ越しでも髪の毛越しでも、頭蓋骨の綺麗なふくらみが手に伝わってくる。彼は私に触れられても、表面上は嫌がりもしなければ喜びもしない。

「かも。新宿駅から御苑の中を歩いてきたんだ。デモで、すごい人混み」

「デモ？」

「タワー建設反対のデモ」

「あぁ」

入口の自動扉に目をやる。御苑は歩いて五分ほどの場所にあるが、デモの喧騒はさすがにホテルまでは届かない。デモのことで何かを言い足そうとしたけれど、また内部で検閲者が騒ぎ始めて、うまく言葉が出てこない。

「自分の体と、時間を使ってさ、休日に、炎天下の、こんな汚い街まで出て来て、わざわざ汗かいて、デモに参加する人と、しない人の違いって、何なんだろうね」

「さあね。自分の行動が現実を変えると信じられるかどうかの違い？」私は適当に答えて、すぐに話題を変える。「青山のレストランを取っておいたんだけれど、キャンセルしましょうか。このままロビーで休むか……どうしたい？　部屋のベッドで休んでもいいけれど。実はシングルが取れなくて、ベッドが二台ある」

「そうさせてもらってもいいかな」

彼が小さな声で言う。鼻先にほのかな石鹸の香りが漂ってくる。私が使ったホテルのシャンプーやボディソープの匂いではない。真夏だろうと何だろうと、彼がいつでもシャワーを浴びたあとみたいな淡い清潔感を全身にまとわせていることに感心してしまう。あからさまではなく、気付くか気付かないか程度のさりげなさの中に、ストイックなまでの丁寧な生活が透けて見えるようだ。私が二十二歳の頃は、彼くらい清潔感のある男の子は周りにひとりもいなかった。

「うん。私もシャワー浴びちゃって、外に出たい気分じゃなかった。部屋で冷たいシャワーを浴びたらいいよ。モデルとかが使っていそうなシャワーヘッドがあるから。かつてない超極小泡が出てきて……拓人君の体はかつてない衛生の高みへと近づく」

「何？　何て言ったの？」

私は質問には答えず彼のバッグを持ち、エレヴェーターの方へ歩きかける。でも彼は立ち上がろうとせず、言葉を慎重に選ぶときにそうするように、顎の骨のくぼみに親指を押し当てている。私はそんな彼の横顔を「本当に綺麗」と思いながら観察し、脳内で輪郭をデッサンしながら次の展開を待つ。私の想像上で耳の形を整形されているとも知らずに、

「ねえ、」と彼は私を上目づかいに見つめる。人の目をそうやって見つめること、また相手から同じように見つめられることに、何の抵抗もないのだ。

「部屋に入ったらすぐにベッドに倒れると思うけれど、誤解しないでほしいんだ」

「誤解？　何を？」

「会って早々、相手を無視して好き勝手にふるまう人間だと思われたくなくて」

「思うわけない」予想もしない返事に、私はつい笑う。「体調が悪いときに、なんでそんなどうでもいいことを気にするのよ。変なの」

「他人との距離感を間違えていると思われたくないんだよ」

「センシティヴ過ぎない？　まったく……今時の若い子ってみんなそうなの？」

「たぶんね。少なくとも自信家の建築家さんよりは、色んなことを気にしながら生きている。相手を不快にさせたり、迷惑だと思われるのが怖くて、普通は店員をナンパしたりしないだろうし」

「『違う』。ねぇ、唐突な告白だけれど、私の頭の中には小うるさい検閲者がひとり住み着いていてね、そいつが『ナンパ』に反応して、『違う』って騒いでいる。そいつが黙るまで、少々訂正してもいい？」

　私が大人げなく反論すると、

「お好きに」と彼は冷静な許可を出す。

　一ヵ月ほど前に初めて拓人に会ったときの映像を、できるだけ忠実に脳内再生させる。表参道。夕方。事務所のアシスタントとイヤホンで通話しながら、青山通りと交わる交差点を目指して歩いている。視界の端から人が飛び出してきて、私の行く手を一瞬阻む。ブランド名が書かれたショッパーを抱えた、中国語を喋るセレブ風の、二十は歳の離れた男女。店先まで出てきたスタッフが彼らに深々と頭を下げる。開け放された店の扉から流れる冷房の風が頬に触れ、冷えた空気の方向をちらっと見る。ショーウィンドー。ガラスの中に人影。マネキンのジャケットを脱がせようとする、マネキンよりもはるかに美しいフォルムの若い男。彼のフォルムが私の足を止める。彼のフォルムが私の足の進む方向を変えさせる。無性に心がざわつく。彼に触れられているのっぺらぼうのマネキンに、私は理不尽なほど嫉妬している。「今私の目の前に至急解決しなければならない問題が発生してこれ以上喋れない」と口早にアシスタントに告げ、通話を切る。

数秒後、ひんやりしたラグジュアリーな空間にいる、セルフイメージより三倍か四倍はみすぼらしい格好の女を、店内の巨大な鏡の中に見つける。しばらく店内に整列された商品を物色する。まったく手が届かないというわけではないけれど、どうしても適正な値付けであるとは思えない品々に手の感触を研ぎ澄ませる。そして、これなら二十二万でも妥当か、と思えるパンプスを見つける。近くに立っていたスタッフ二人を素通りして、ショーウィンドーの中にいた彼を探して歩き回る。見つける。すみません、そこのあなた。これの三十七を探しているんだけど。ありがとうございます、ただいまお調べいたします、おかけになってお待ちください。待つ。三十七のパンプスなんて別に持って来なくてもいいのだけれど、もちろん彼は三十七のパンプスを持って戻って来る。足元に跪いて、私に靴を履かせる。その手から、彼の全身を覆い保護している皮膚のテクスチャーを想像している。

社会通念を大きく逸脱する趣味嗜好を誰かに開陳したことはないが、私は陸上生物であるところのヒトを「思考する建築」、「自立走行式の塔」と認識している。そしてその若いショップスタッフのフォルム・テクスチャーは、建築としてのヒトのフォルム・テクスチャーを考えるうえで、私が追求する正解に限りなく近いものだ。彼を生み出した顔も知らない女に、深い敬意さえこみ上げる。これればかりは本人の努力や財力や、最新のテクノロジーをもってしてもどうにもならない。私はその建築が存在し、致命的問題が起こらなければ今後数十年自立し続けるであろう奇跡に対する、適切な対価を支払いたくなる。それこそが何よりも正しい金の使い方だと思う。会計。クレジットカード。暗証番号。レシート。お待たせいたしました、出口までお持ちいたします。私はその理想的な建築から、一度は背を向ける。私は弱い人間です。私は私の弱さを知っています。私は私の欲望を完全にコントロールできます。私は形だけのマントラを唱える。マントラを唱えることは忘れなかったのだ、という事実をつくるためだけにマントラを唱える。でも結局は欲望をコントロールするには至らず、声をかけてしまう。ところで、もしも私みたいな女がここにいるとして、その女があなたを食事に誘ったら、あなたならどう返事します？

「まず、あれは細心の注意を払ったナンパだった」私は当時の心情を思い出しながら言う。「そして細心の注意を払ったナンパはナンパとは言わない。『デートを申し込んだ』が正しい。洗練された申し込み方ではなかったかもしれないけれど事実としてはそう。『牧名沙羅は自信家の建築家か？』、YES。『牧名沙羅は色んなことを気にせず生きているか？』、完全にNO。『仕事中に気持ち悪いババア客から食事に誘われた笑　クレカの名前調べたら牧名沙羅とかいう建築家だったんだけど』って、写真付きで拡散される未来が見えていなかったわけじゃない。私には未来が見える。でも私は勇気を出した。たくさんのものを失う未来が見えていたが勇気を出すべき場面だと思ったからそうした。つまり、『たゆまぬ努力によって、後天的に自信のようなものを身に着けた建築家は、色々なことを気にしながら生きているが、勇気を出して素敵なショップスタッフにデートを申し込んだ』。これが君の知るべき真実」
「すごい早口。聞き取れなかった」と拓人は言い、マネキンのように滑らかな顔に、マネキンよりもはるかに好ましい皺をつくる。

元々そのホテルを予約したのは、新宿御苑を南方面から眺めるのに一番近い建物だったからだ。それほど豪華とはいえないが、都心のホテルには珍しく客室にバルコニーが付いているところが気に入った。今の時期は暑くてとてもそんな気にはなれないけれど、過ごしやすい季節に風に当たりながら朝食を食べたら気持ち良さそうだ。一見、何の変哲もないシンプルなつくりのように思えて、照明ひとつ、調度品ひとつ、シャワーヘッドのこだわりひとつとっても、繊細な心配りがあるのがわかる。

予約時にシングルが空いていなくて仕方なく取ったツインルームだった。しかしかえって、思いがけない幸運に恵まれた。予約が取れた部屋は二面採光の角部屋で、間近に国立競技場と御苑とを室内から同時に見ることができたからだ。外縁をぐるりと取り囲む、流麗な曲線のスカイブリッジを遊歩する人々の服の色や、性別まではっきりとわかるほどの距離だった。スタジアムを外側から鑑賞するのに、これ以上の特等席は他に思いつかない。

拓人がベッドで休んでいるあいだの二時間ほど、私はひとりでビールをあけて、黄昏時に刻一刻と豊かに表情を変えていくスタジアムの屋根に陶然と浸っていた。その没入の仕方は、ほとんど自分と屋根とが一体化しているといってもいいほどだった。私はパワースポットのような場所にはまるで興味がないし、スピリチュアルな感性にも乏しい方だと思う。けれど、ザハ・ハディドが東京に遺した流線形の巨大な創造物からは、何か特別な波動みたいなものを感じずにはいられない。たとえ信仰心など持ち合わせていなくても、文京区の丹下健三設計のカテドラルを見れば自然と神聖な思いが湧き上がってくるように、その屋根はある種、崇高で神秘的なエネルギーを私にもたらしていた。まるでひとりの女神が、もっとも美しく、もっとも新しい言語で、世界に語りかけているかのようだ。私は彼女の話す声に耳をそばだて、時には彼女に返事をした。

それは建つべくして建ち、あるべくしてある。私はそう思う。

とはいえ、スタジアムが建てられなかった未来が、百パーセント存在しなかったわけでもない。ザハ・ハディド案による新国立競技場の建設が白紙撤回となる可能性が報じられたのは、ザハ案がコンペで最優秀賞に選ばれ、三年ほど経ってからのことだ。忘れっぽい平均的な世間の人々はもちろん、業界内でもすっかり忘れている人は多い。けれど私は今でも昨日のことのようにあの一件を覚えていて、思いだすたびに絶対に忘れてはいけない、教訓にしなければいけない、と強く思う。ザハ案の総工費の最終的な見積りが「三千億円」と報道されてからの、数ヵ月にわたるバッシング。反対運動。不毛な責任の押し付け合い。

当時、私はまだニューヨークの設計事務所でアシスタントをしていて、競技場をめぐる混乱を対岸の火事として傍観しているだけだった。ザハ案の主要な問題点として挙げられたのは建設費の大幅なふくらみだったが、その斬新で未来的なデザインが歴史ある外苑の景観を損なう、という声も少なからずあったらしい。「未来の建築を建てるのになぜ『未来』が問題に？」、私は事務所の同僚たちとそんな冗談を言い合って笑っていた。「日本人の時間感覚が特別なのは有名な話でしょ」

ザハ案に異を唱える日本の文化人やら有識者やらの見解をネットニュースでざっと集めた限り、それらはコンペの結果を覆すだけの影響力を持つことはないだろうと、私は高をくっていた。どんなに論理的な材料を並べ立てて反発したところで、結局はオリンピック招致だって理屈をこじつけて強行したのだ。そもそもザハ案が選ばれていなければオリンピック招致も成功していなかったのだから、増えた費用は震災復興に充てるべきだとか税金の無駄遣いだとかいう正論は今さら手遅れで、一度始まってしまったものはなりふり構わず進み続ける他ない。破滅に向かって、栄光に向かって、突き進むしか。

ザハ・ハディドの新国立競技場は必ず建つ。実現する。でもそれは決して、負のレガシーのようなものにはなり得ない。なぜならば圧倒的に美しいから。そしてザハ案が選ばれたのは、東京に不足する美しさを彼女のスタジアムだけが備えていたからに違いない。もしそれが建たなければ、東京が満ち足りることはない。それは建つべくして建ち、あるべくしてあるだろう。

しかし当時の私のこうした楽観的な展望よりも、実際はずっと深刻な問題であったらしい。数年後にニューヨークの事務所を辞め、日本に戻って独立したあと、私は渦中にいたとある知り合いの建築家から詳しい事情を聞く機会を得た。自身の素朴で保守的な建築哲学に反しザハ・ハディドを高く評価した、何を考えているのかいまいち本心が読みにくい建築家だ

（彼の書いた本を読んだが、やはり何が言いたいのかさっぱりわからなかった）。その初老の建築家によれば、ザハ案は限りなく現実的に、消滅しかかっていたのだという。総工費とデザインの先進性が世間を騒がせ始めた頃、コンペ審査員を名乗る匿名の告発があり——名前こそ出さなかったが、彼の話しぶりからおおよその特定はできる——、コンペの選出プロセス自体に疑惑の目が向けられたためだ。問題は建築業界全体に飛び火し、ザハ案をベースとした、デザインの具体的な修正案が出てくる事態にまで発展していた。新デザインは、床面積を三十パーセント近く縮小し、開閉式の屋根とスカイブリッジを取り外して大幅なコストダウンを図るというプランだった。しかしそれは、当初のザハ案よりも明らかに見劣りするばかりでなく、彼女のトレードマークである有機的なダイナミズムを大幅に損なうものだった。

「僕の心がねじくれていることは認めるよ。それにしても修正案は、女性のあれにしか見えなかった。どこからどう見てもグロテスクなスタジアムだった。いや、女性のあれがグロテスクだと言いたいのではなくて、これはつまり……」と初老の建築家の男はうっかりこぼした失言を取り消そうと、苦しそうに言葉を探しながら、「ほら、眼球と同じだよ、人間の眼球だって見ようによってはグロテスクなものだし、オリンピックの開会式ということを考えると、世界八〇億人が視聴することを前提に、ユニバーサルデザインという観点から——」

と話を脱線させた。話しながら彼が見ていたのは私の目ではなく私の手だったが、真剣さが少しも伝わらないというのでもなかった。きっと彼の内部でも検閲者が騒いでいて、相手の目を見て話すのが難しかったのだろう。

実際の修正案を見ていないから何とも言えないものの、仮に彼の表現が適切なものだったとして、新デザインが実現していればカタールのアル・ワクラ・スタジアム——巨大な女性器のようだと非難を浴びた——の二の舞になっていた可能性はある。私は建築家の男の黄色く濁った瞳の奥に、瞬時に未来を幻視した。建築家の男は様々な方向への脱線を試みたあと、未来を覗き見て帰ってきたタイムトラベラーといったような口ぶりで、「とにかく、それは本当に起こり得た未来だった」と繰り返し私に語るのだった。

「牧名さんはこれからの人だ。ザハの教訓を忘れてはいけない。予算をきっちり守り、そして言葉を正しく使うことも重要だ。建築のエラーが、未来のエラーにならないように」

夕焼けが夜に完全に侵食されると、スタジアムの全体は幻想的な紫色の光でライトアップされ、東京の景色を一瞬にして何十年も加速させた。それまでたしかにそこにあったはずの、夕暮れに沈みゆくノスタルジックな都市は、もう二度と戻らない過去になって消え去った。最初はただひとりの女の頭の中にしかなかったアイデアが現実化し、現実の人生なり感情なりを個々に抱えた人間たちが物理的に往来する。奇跡としか言いようのないそんな光景を、私はいつまでも飽きることなく眺めていた。今にも動き出すのではないかという生命感を湛えた構造物は、周囲に林立するビル群や道路を走る車のライトを養分にして独自進化を遂げた、巨大生物のように見える。東京が生み出した世にも美しい生きもの。その生きものが、開閉式の半透明の屋根をひれのように自在に動かし街を回遊する、ＳＦ映画さながらの映像が鮮やかに脳内に映し出される。彼女には意志があり、彼女の意志がこの雑多な都市を導いていくのだ。そしてこれはただの比喩ではなく、実際に建築とはそうあるべきなのだと、私はあらためて確認するのだった。建築は都市を導き、未来を方向付けるものでなければならない。

……でなければならない。……べきだ。強い意志と義務を示すコンクリートのように硬質な言葉たちが、私の内部でぽこぽこと音を立てて泡立ち続ける。……でなければならない。……べきだ。それは私が自分自身を支えるために用意する、堅固な柱であり梁だった。私がいつもこのような話し方をして他人にも自分自身にさえもプレッシャーを与えがちなのは、わずかでも倒壊の可能性のある曖昧な要素を、自分の住まう家から根こそぎ排除しておきたいからなのかもしれない。……かもしれない、……の方がよい、などとセメントで固める前の砂のように脆い素材では、寿命までの数十年を支えていくことはできない。それがたとえ形を持たないただの言葉であれ、家の内部からすっかり締め出しておかなければ、足場が不安定で立っていることもできない。おそらく一秒も。

　こうして自分の言語的な癖を自覚しているときだった。遠くで看過できない気配を感じ、その方角へと目を転じた。スタジアムとのバランスを取るようにして、北側の庭園の一帯は煌びやかな夜景の一部となるのを拒み鬱蒼としている。突風に木々が揺れ始めると、単純な計算式を見て瞬時に答えが頭に浮かぶときのように、私にはただ見るべきものが見える。ひとかたまりの深い闇の中から、塔はようやく姿を現した。

　手が鉛筆を求めて動く。自分の意志とはとっくに切り離されたところで、鉛筆の芯の粒子が紙に軌跡を残していく。不完全な線の一本一本が、私に何かを伝えようとして震えている。その日はじめて、文字ではない具体的なひとつの形象が、紙の上に浮上する。それは同時に、塔のデザインに絶対不可欠なある条件を私に知らせてもいる。私は愕然とする。鉛筆を滑り落とし、首筋に電気のような痛みが走る。頭を貫く酷い耳鳴りがする。ぎゅっと目を閉じる。舌打ちをする。なぜこんなにも重要なことが頭からすっぽりと抜け落ちていたのか？　私は一体何年、建築家を名乗ってきたのか？

　あの闇の中に建つ塔は、独立した建築として考えるべきではないのだ。上から見下ろしたときの新宿全体の景色を考慮しなくてはいけない。スタジアムのデザインとの調和を無視して塔を建築することなどできない。いうなれば塔は、南側のザハ・ハディドに対する回答でなければならないのだ。それらが二つ揃って初めて、都市の風景は完成する。つまり、彼女がどのような問いを塔に投げかけているのかを導き出すことができれば、正解はおのずから姿を現す。こう考えればわかりやすい。スタジアムは妊娠中の母体であり、塔の出産を待っている真っ最中なのだ。

デスクの上にドローイングが積み上がる。都市を導き、未来を方向付ける塔を、ザハ・ハディドならどうデザインするだろう？　私はスタジアムのキールアーチをデッサンしながら問う。そもそもそれは本当に、建てられるべき塔なのか？　この街が、世界が、必要としている塔なのだろうか？

牧名沙羅の心は、それを建てるべきだと感じているのか？

いや、どうせ誰かが建てなければならないのなら、牧名沙羅がやるべきだ。知る限り、ザハ・ハディドへの回答を提示できる建築家は牧名沙羅しかいない。牧名沙羅がやらなければ、その塔は未来のエラーになる。……でなければならない。……べきだ。言葉は無限に出てくる。けれど言葉の出所を辿れない。……でなければならない。……べきだ。それらの言葉は、牧名沙羅の外部が、牧名沙羅に言わせようとしてくる言葉なのではないか？　牧名沙羅の外部の言葉と、牧名沙羅の内部の言葉の、境界はどこだ？　彼女の家の外壁はもうとっくに壊されていて、雨風を凌ぐことができないのでは？　中が水浸しになって朽ち果てる前に、早く補修をしなければいけない。それで、牧名沙羅の心はどこにあるんだっけ？

いや、これではいけない。

言葉を詰め込みすぎて重くなった頭を左右からおさえる。頭の中でスカスカのカタカナがカラカラと転がって一ヵ所に偏り、互いを潰し合って形を失くしていく。

こんなにも多くの疑問符を抱えた人間によって設計されれば、塔は必ず倒れてしまうだろう。他でもないこの私によって、塔が建てられることとの必然性を見出さなくてはいけない。彼が私に建てられることを望んでいる。だから私が彼を建てなければならない。そう確信できるまで、言葉と現実がイコールで結ばれるまで、シンパシータワートーキョーのことを、私は考え続けなくてはいけないのだ。

「牧名さん」

塔が牧名沙羅を呼ぶ声がする。彼の方では既に、彼女の名前を知っているのだ。

■

マサキ・セト

〇完全版に寄せての序文

『ホモ・ミゼラビリス　同情されるべき人々』の刊行から、もうすぐ十年が経とうとしています。この度、旧版に大幅な修正を加え、約百ページにわたる新章「Q＆A」の加筆を行ない、新たな装いで完全版をお届けする運びとなりました。初版の刊行時より大きな反響をいただきました本書は、著者の想像を超え、様々な立場、世代の方から広く支持を得るところとなりました。日本人の類まれな寛容さ、多様性を認める共感性の高さ、異なる価値観を受容する人種的な強さに、著者として、幸福学者として、また一人のホモ・フェリクスとして、深い感銘を受けています。

現在、都民の皆様、環境省、法務省、政府関係者の皆様より多大なご賛同、ご協力をたまわり、私が本書で構想した新宿御苑のタワー建設プロジェクトが、ついに現実のものとなろうとしています。タワーは二〇三〇年の完成を目標に、着々と準備が進められています。実際にホモ・ミゼラビリスの方々が、従来の劣悪な環境の収容施設から、都心の美しく清潔なタワーへと住まいを移す日を、心待ちにしております。また、かねてより社会的弱者やマイノリティへの理解に対し大きな遅れを指摘されてきた日本にとって、タワー建設が国際的なアピールと飛躍の契機になり得ると確信しています。ソーシャル・インクルージョンの先進国として、さらなる尊敬と信頼を世界中から集めることでしょう。

しかし一方で、タワー建設プロジェクトに反対される方が少なからずいらっしゃることも認識しております。連日、各地で抗議活動が行なわれ、建設反対のデモ、ヘイトスピーチが過熱していくことに、日々心を痛めております。先日行なわれた近隣住民向けの説明会でも、厳しいご意見を多数いただきました。またインターネット上では、私個人や私の賛同者に対する殺人予告まで出ているようです。私は自分の命などは少しも惜しくありません。生きているよりも死んでしまった方が、あるいは世の中に幸福な人を増やすことになるのであれば、私は喜んで死にます。しかし、この命がある限りは、『ホモ・ミゼラビリス』の著者として使命を全うする覚悟です。与えられた責任を果たすためにも、タワー建設プロジェクト反対派のお一人お一人と対話をする機会を設けなければと、常々考えていました。そのような経緯から、この十年で読者の皆様から寄せられた批判を含む様々な疑問に、Q＆Aという形でお答えすることにしたのです。

Q　なぜ、「犯罪者」や「受刑者」の呼称を、「ホモ・ミゼラビリス」に変更しなくてはいけないのか？

Q　なぜ、本来なら罰を与えるべき人々に対し、「同情」を与えるべきなのか？

Q　「犯罪者」への同情は、被害者の感情を蔑ろにしてしまうのではないか？

Q　受刑者の待遇を良くすると、犯罪が増えるのではないか？
Q　不幸な出自の人も、幸福になることは可能なのか？
……等々、具象・抽象を問わず、できる限りの誠意を尽くして、質問に向き合ったつもりです。私が本書で示した回答が、少しでもホモ・ミゼラビリスの方々への理解を深めるきっかけとなりますよう、そしてタワー建設プロジェクトが滞りなく進みますよう、切に願っております。

そして、私の方からも今一度、読者の皆様に問いたいことがあります。特に、今もなお犯罪者嫌悪を表明し、彼らに厳しい懲罰を望んでおられる方々にお訊きしたい。
Q　なぜ、あなたは「犯罪者」ではないのですか？
Q　あなたが罪を犯したことがないのは、あなたが素晴らしい人格を持って生まれたからですか？
Q　あなたが罪を犯さずにいられるのは、あなたの知能が高く、自制心があるからですか？
実はこれらの問いは、数十年にわたって私が私自身に投げかけてきた問いでもあります。既に何度もお話ししたことではありますが、私やあなたがこれまで「犯罪者」にならずに済んでいるのは、私やあなたが素晴らしい人格を持って生まれたからではありません。あなたの生まれた場所がたまたま、素晴らしい人格を育むことが可能な環境だったからです。犯罪と関わりを持たずとも幸福な人生を歩むことができると、信じさせてくれる大人が周囲にいたからです。あなたが良いことをしたり、学校で良い成績をとったりするのを、大人たちが褒め、推奨してくれたからです。彼らがあなたに、「次もまた良いことをしよう」というモチベーションを与えてくれたからです。良いことを繰り返すうちに、目の前に困難な壁が立ちはだかっても、酷い失敗をしても、前を向き、未来に希望を持てるように育てられたからです。幸福な未来への意識が働くと、罪を犯したらどうなってしまうのだろうという予測を立てられるようになります。未来への想像力は、道を踏み外しそうになった時の強力な抑止力につながっているのです。あなたがこれまで罪を犯さず、クリーンに生きてこられたのは、あなたの幸福な特権のおかげに他なりません。

しかし、あなたはご存じないかもしれませんが、世の中には特権を持たずに生まれてくる人がたくさんいます。良いことをしても誰からも褒められず、むしろ、生まれてきたことを否定されながら大人になる人々がいるのです。そうした人たちは、「報酬系」と呼ばれる脳の神経ネットワークが正常に育っていない場合がほとんどです。たとえ良いおこないをしても、あなたのように正常にドーパミンが出ないので、幸福な気持ちになることじたいが少ないのです。あなたとは見えている景色、思考の前提が、あまりにも違いすぎる。幸福な未来を想像しようにも、そもそも「幸福」がどのような状態なのかがわからない。守るべき「幸福」がなければ、罪を犯すハードルは恐ろしいほど低くなる。他人の「幸福」を想像する力がなく、「幸福」を奪うことに対して罪の意識じたいが生じにくい。つまり彼らは、「犯罪者」・「加害者」である以前に、「元被害者」であるケースが圧倒的に多いのです。本人が被害者であることを周りにうまく説明できなかったために、誰からのケアもサポートも受けられなかった、かわいそうな元被害者なのです。

そんな彼らとあなたが、同じ世界の、同じ法律／ルールのもとで、同じHomo《人間》として生きていかなければならないというのは、あまりにもアンフェアで、残酷な仕打ちではないでしょうか？

本書の第二章には、A子さんという方のインタビューが載っています。実は彼女は、私にホモ・ミゼラビリスというコンセプトを考案するきっかけをくれた女性です。A子さんは窃盗罪、建造物侵入罪、詐欺罪により懲役が科せられ、現在女子刑務所に服役中の受刑者です。母子家庭に生まれた彼女は、母親からネグレクトを受け、食事も服も満足に与えられずに育ちました。体が成長しても、ずっと同じサイズの服を自分で生地を引っ張り伸ばして着続けていたことで、小学校では酷いいじめに遭いました。勇気を出して担任の先生に相談しても、

「なぜ同じ服しか着てこないのか」、「なぜお母さんに服を買ってもらえないのか」、「自分のお母さんにそんな簡単なことも頼めないのか」と、責めるように問いただされるだけで、聞く耳を持ってくれませんでした。

なんとか中学に上がることはできましたが、そこでできた不良仲間とつるむようになり、やがて夜の街で出会った十五歳も年上の男性と交際します。男性の子供を妊娠していることが判ったのは、十四歳の時でした。しかし、A子さんが妊娠の事実を伝えると、男性とは音信不通になってしまいました。A子さんは子供を産むつもりはありませんでした。中学生の自分が子供を産み育てるなど考えられないし、自分と同じような境遇の不憫な子供を増やすことにも、強い抵抗があったためです。十四歳のA子さんは、妊娠したことを母親から叱責されながらも、なんとか頼み込んで中絶費用を借り、一人でクリニックに行きました。にもかかわらず、中絶同意書に子供の父親のサインがなかったために、手術を断られてしまいます。同意なく妊娠させられたのに、中絶するのには同意が必要なのです。A子さんは都内のクリニックと病院を回りましたが、どこに行っても父親の同意が必要だと言われ、追い返されました。当時の彼女には、自分の置かれた過酷な状況を医師に説明する手立てがありませんでした。現実を正確に伝えるだけの言葉を、持っていませんでした。

そして、二十三軒目の病院で手術を拒否された際に、A子さんはすべてを諦め、どうやって死のうかと考え始めます。それでも結局決心がつかないまま、彼女の十五歳の誕生日から数日後に、自宅の浴槽で男の子を出産しました。

赤ちゃんを育てていくため、A子さんは手段を選びませんでした。中学を卒業していないA子さんはアルバイトをすることができないので、ミルクや離乳食や総菜をスーパーで万引きしながら、一日一日を必死に生きていました。万引きに慣れてくると、夜の街で知り合った仲間と協力し、盗んだ商品をインターネットで売って生活費にするようになりました。罪の意識はありませんでした。それどころか、自分を虐げ、差別した社会に復讐ができたと、ある種の優越感のようなものを覚えていました。

A子さんは、何よりもまず、息子さんに良い服をたくさん着せてあげたかったのだと言います。どこに行っても恥ずかしくない高級ブランドの服を着せ、堂々と自信を持って街を歩かせてあげられたら、自分のような母親の元に生まれたことも喜んでくれるのではないか。彼女はそう思ったのだそうです。

A子さんに私が初めて面会をした時、彼女はこんなふうに話しました。

「私はたしかに法律に違反しました。被害に遭われた方々には、申し訳なく思っています。でも、私を『犯罪者』にしたのは私だけなんですか？　私のような人間を指し示す言葉として、『犯罪者』は本当に適切なんでしょうか？　『犯罪者』という言葉にまとわりついているイメージに、私の体はいつまでも慣れないんです。まるで男物の服を無理やり着させられている気分です。こんなことを言ったら笑われるかもしれませんが、『犯罪者』と呼ばれることに一人前に傷付いてしまうんです。言葉と現実がイコールで結ばれていると、感じることができないんです」

Ａ子さんの言うとおりだと思いました。

犯罪者が犯罪者になる理由を、本人の人格や意志の弱さなどに求めるのは、今やまったく科学的ではない。言葉と現実が大きく乖離している。私は、自身を優れた人間だと驕り、犯罪者を一括りにして排斥する人の方が、よほど罪深く、冷静さに欠けていると思います。もしあなたが本当に、自制心があり、知能が高く、素晴らしい人格の持ち主なのであれば、自分とは異なる環境で生まれてきた人々を尊重し、心からの思いやりを抱くことができるはずです。彼らに同情することこそが、幸福な特権を持って生まれたホモ・フェリクスの義務ではないでしょうか。これが、三十年にわたり人間の幸福について考え続けた私が、確信を持って提示できる結論になります。

この世に生まれ来る生命は、どのような出自であれ、等しく尊いものです。「生まれてきてよかった」と心の底から思える時間を、すべての人が平等に享受できる世界になって欲しい。私の願いはそれだけです。なぜなら人間は皆、幸せになるために生まれてきたからです。

最後に、A子さんをはじめ、本書にご登場いただいたホモ・ミゼラビリスの皆様に、あらためて感謝を申し上げます。それとともに、今は亡きザハ・ハディド氏にも、この場を借りて謝意を述べさせてください。

ザハ・ハディド氏は、「アンビルトの女王」としても知られた建築家です。「アンビルト」とは、実現しなかった建築を意味する言葉です。何らかの事情により現実に建てられることはなく、構想だけが残っている建築、のことを指しています。ザハ・ハディド氏は大変な才能に恵まれながらも、その前衛的な作品を実現するだけのキャパシティが現実の方になく、キャリアの初期のほとんどの仕事がアンビルトのままお蔵入りしていました。東京五輪のメイン会場となった外苑前の国立競技場もまた、予算の問題からアンビルトとなりかけていたのを覚えている方も多いでしょう。もちろん、ザハ案の白紙撤回が東京都にとって大きな損失となるのは、誰の目にも明らかでした。仮にザハ案が白紙撤回となれば、東京の景色は古いまま、そこに住まう人々の視野も価値観も、化石のように停滞してしまう。つまらない理由でせっかくの美しいデザインが退けられれば、若い世代から未来を想像する力を奪うことになりかねない。あの素晴らしい完成予想図を見れば、いくら費用がかさもうともBプランに変更されるなど論外です。しかし当時の私は、非常に不安な思いで事の成り行きを見ていたものでした。そして、白紙撤回の噂が完全に立ち消え、当初の計画通りにザハ案のスタジアムが着工となったのが二〇一六年冬。私がA子さんに出会い、ホモ・ミゼラビリスのアイデアを思いついたのも、ちょうどその頃でした。

とはいえ、いくら頭の中に素晴らしいアイデアが浮かんだからと言って、それを現実的な形にするのは簡単なことではありません。これはザハ・ハディド氏から学んだ教訓でもありました。

「犯罪者」に対するこれまでの偏見や差別を、まずは言葉から変えていく。この大それたアイデアを実際に目に見える形にして世の中に提示するには、いくつものハードルを乗り越えなければなりません。運よく本を出版できたとしても、私の伝え方、読者への伝わり方によっては大きな危険をはらむアイデアです。根底にある平等思想を理解されず、「犯罪者」を擁護しているだけの本だと切り取られてしまえば、被害者の方を深く傷付ける可能性もあるでしょう。インターネットで炎上などすれば、私自身が大学の職を失うリスクもあります。研究仲間に出版の構想について相談しても、「デメリットが多すぎるからやめた方がいい」と諭される始末でした。うまくいけば社会を良い方向に変えてくれるかもしれないアイデアが、自分の頭の中にのみ存在している。でも一歩前に足を踏み出す勇気がない。それはとても苦しい時間でした。私は私の弱さを思い知らされ、本の執筆を断念せざるを得ませんでした。

そんなある日のことでした。私は千駄ヶ谷の自宅のベッドの中で、とてもリアルな夢を見ていました。刑務所で服役する受刑者の方が、都心の豪華なタワーマンションに似た建物に住まいを移し、その中で理想郷のような生活を送っている夢です。東京のもっとも美しい、自然豊かな、すべての国民から愛されている土地で、彼らは罰を受けることなく、反省を強制させられることもなく、この世に生まれてきた幸福を存分に享受しています。私はとても満ち足りた気持ちで、その清潔な空間で彼らとたわいもない会話を楽しんでいたのですが、突然大きな振動と音に起こされ、現実に引き戻されました。しかし、まだ網膜にはっきりと残る幸福な夢の光景にしがみついているうちに、次第に私を起こしたその音が、何かの啓示なのではないかと思えてきたのです。

まるで女神の声に導かれるようにして、私はベッドから起き上がり、家の外に出て、音の鳴る方へと歩いて行きました。音の正体は、新国立競技場の基礎工事の、コンクリートを打設する音でした。競技場の土台に、大きなポンプ車から生のコンクリートが流し込まれていく音でした。まだ見ぬ未来を創造する、その始まりの音でした。生涯忘れられない福音です。それからは、毎朝スタジアムの建設工事を見に行くのが日課になりました。既存の常識を打ち破る先駆的な作品が現実化し、未来に向かって完成へと近づいていく。その奇跡の過程を目の当たりにすることによって、頭の中のアイデアを現実のものにしたいという見果てぬ夢を、再び蘇らせることができたのです。執筆への情熱を途切れさせることなく、そして実際に本を最後まで書き上げられたのは、ザハ・ハディドという偉大な建築家のおかげに他なりません。国立競技場の完成なくして、本書の完成もまたあり得ませんでした。どのような壁が立ちはだかろうとも、大きなリスクにさらされようとも、現実的ではないと笑われようとも、真に美しいと思える未来を追い求め、信じ続けることの重要性を、彼女が私に教えてくれたのです。

二〇二六年　夏　千駄ヶ谷の自宅にて　マサキ・セト

■

簡単に夢だったと言いきるのに抵抗を覚えるほどリアルだけれど、前後の状況を考え合わせると、夢だったと結論するのがいちばん簡単で辻褄も合うものだから、夢だったとすることを結局は受け入れてしまうしかないのだけれど、あれは本当は何だったのだろうと、リアルな手触りのある夢から醒めるといつも思っている。

そのとき僕を目覚めさせたのは、ここにはいない人と通話をする、女の人の声だった。

うん。そう。でも。……じゃない？……だけれど。……なの？

眠っている僕に遠慮するような、控えめでありながら現実的な生の声が、僕を懐かしき現実へと引き戻した。ああ。深いため息。うん。軽い咳払い。苦笑するような声。飲み物が喉を通過する音。嚥下のあとに漏れる、かすかな息。手の中で缶が潰れて、ゴミ箱に取り付けられたビニール袋の中へ落ちる。その人が生きていることによって鳴らされる、様々な質感の異なる音が、リアルな夢の残像を夢らしく曖昧にしていった。曖昧なものは何であれ快かった。何によっても定義されない時間の中にだけ人生があればよいのにとさえ思う。そこにあるのかないのか証明できないものを、二千何年とか、七月とか、八時とか、二十二歳とか、二十三回とか、それでしかあり得ないきっぱりとした数字で切り分けるのを、どうしてみんな簡単に受け入れてしまえるのかわからない。今日が夏休みの何日目か、新学期までの残り日数、日が沈むまでの時間のことも一切忘れていつまでも、太陽の照り続ける海辺で、太陽が沈むというならLEDライトでもよくて、そこで永遠に、明日なんてやって来ないみたいに砂をかき集めて城を建てて遊び続けたい。建てたそばから波がさらって完成することはないけれど、そこには結果とか結論とか老いとか終わりみたいな概念もなくて、砂の城を建てている瞬間だけがいくつもいくつも無限にある。そういえば、公園の砂場でもそうだけれど、砂を前にすると子供が決まって建築をしたがるのは何でなんだろう？　建築は人間の遺伝子にあらかじめ組み込まれた本能か何かとか？　人は誰しも、生まれながらの建築家だったりするんだろうか。

彼女の声の後ろでずっと、鉛筆が紙を擦る音がしている。生まれながらにしてかどうかは知らないが職業的な建築家の女の人が、スケッチブックに絵を描いている音。建築家の女の人は、新宿御苑に新しく建つ刑務所の仕事のために、そのホテルに泊まっている。七月の終わりから八月の初めにかけての一週間、御苑の近くのホテルで集中して、タワーのデザインコンペの構想を練る——そんなようなことを彼女は前に話していた。

「そもそもコンペに参加するべきかどうかも含めて検討する。参加しないなら参加しないだけの、スタッフが納得できる説明をしなくてはならない。こんな小さな事務所が指名されただけでも名誉なことだし、そもそも画期的なプロジェクトだから参加するだけで国内外から注目される。たとえコンペに勝てなくても、設計図を残すだけで重大な意味があるの。ビッグチャンスをみすみす見逃すのに筋の通った言い訳を考えなくては、サラ・マキナ・アーキテクツのボスとしての責任を果たしたことにならない。それから、ホテル滞在中は、自分の人生について落ち着いて振り返る、自分と向き合う期間にしなくてはならない。自分の心と向き合えないなら、巨大建築のような重大な仕事に立ち向かうべきではない。心と向き合うって、具体的に何を指し示しているのかわからないけれど、というより心がどこにあるのか見たこともないけれど、自分が今そういう段階にいるのはわかっているの。私は心を探すことから始めなければいけない。四十を過ぎてからそれをやろうとすると、おそらく諦観が進みすぎているのと、保身に走りすぎて冷静な判断が下せなくなる。あるいは冷静な判断しか下せなくなる。冷静さと正しさに関連性はない」

……なくてはならない、……べきではない、という彼女の喋り方の癖が気になって、その部分を正確に覚えてしまう。義務や否定がこうも骨の髄まで染みついた喋り方をする人は、母親を除いては会ったことがなかった。建築家の女の人が……なくてはならない、と言うとき、彼女は自分が本当に信じている論拠を示す。それを聞いた他人が信じられるかどうかは別にしても、言っている本人が心から信じきっていることで、無意味なものにも莫大な意味が生じてしまうことを、僕は彼女に出会って初めて知った。

僕の母親はそうじゃなかった。母親は感傷的なモードになると、「あなたは生まれてくるべきじゃなかった」と僕によく言った。「本来であれば中絶されるべき子供だった」と言った。「同情されるべき人間だ」とも言った。それに対して一応理由も言っていた。僕には二十三回生まれてこないチャンスがあった。その二十三回のチャンスのうち、どれかひとつでも摑んでいればこんなことにはならなかった、と言った。でも二十三回なんていうつまらない数字が、人から同情されるべき理由になるとは僕には思えなかったし、何より母親自身が自分の喋る言葉を信じながら喋っている感じが全然しなかった。商品の品質を疑いながらセールストークをする販売員みたいだ。「あなたの父親はゴミみたいな男だった」と母親は泣いたりキレたりする。けれど、本当にゴミを見たことがあるのかなと疑うくらい、母親の中で「ゴミ」と「男」がイコールで結べていないせいで、そのプレゼンの下手さに僕はいつも笑いが堪えられなくなった。「ゴミ」の語源をスマートフォンで調べたら、「木の葉」と書いてあって、それ以来僕の父親は僕の中では木の葉だ。僕の父親なる人が、芽吹いたり風に揺れたり紅葉したり土の上に落ちる場面を想像するのはおもしろい。

目が悪いのか良すぎるのか僕の目には、世の中の大概のことが異様におもしろく映る。何なら人間ががんばって歩いたり、言葉を覚えたり、金を稼いだりしているだけで、もう本当におもしろくていつまでも笑っていられる。人間が人間をやっている光景に、いまだに見慣れていないせいかもしれない。それで、父親がゴミだか木の葉だったおかげで僕としてはラッキーだったし、数学は苦手科目だから確率のことはよくわからないけれども、「二十三回もチャンスがありながら中絶されなかった」と悔やむよりも、「二十三回も殺されかけながら奇跡的に命拾いした」と安心する方が僕としてはわりと自然だ。生まれた側と生んだ側で見解が一致しないのは普通といえば普通なのだろうけれど、僕がおもしろいと思う冗談にあの人は絶対に笑わないし逆もそう。僕たちは同じ人間でありながら全然違う人間だった。

母親とはとことん気が合わない。でも服の趣味だけは悪くなかった。

建築家の女の人は続けて、「AI-built から提案されてはいたの。『自分と向き合ってみてはどうですか？』って」と説明を加えた。「もう百回くらい言われたんだけれど、面倒でずっとスルーしてきた。ＡＩは別に本気で私の人生を心配しているわけでもないしね。普通だったら、結婚したり転職したり、体調を崩したり、大きな挫折？を経験したりするタイミングで、『自分と向き合う』みたいな瞬間が自然と訪れそうなものだけれど、私はそのような時間を必要とせず、ここまでするするとやって来てしまった女なの。好きなことをやっていたら、つまり数学と物理と建築のことだけ考えていたらいつのまにか、健康で未婚で三十七歳の、成功した女が完成していた。昔より視力は〇・五ほど落ちたけれど、それでも三十代の平均視力よりは上。本当は今だって、『自分と向き合う』必要性を切に感じているわけでもないのよ。なければないでいい。構わない。要するに、私がそれをするのは、『キャリアの大きな節目となるであろう重要なコンペへの参加を決断する前に、自分と向き合った』という歴史的事実が欲しいからよね、後で振り返ったときにわかりやすい目安になる歴史的転換点が。隈研吾における木材使用の転機、みたいなエピソードが。いつか誰かに伝記を書かれるときのために」

彼女は元気よくそう語ったあとで、急に不安げな声で、

「とかなんとか言っている建築家の女がここにいるとして、君ならどう思う？」と言い足した。その口癖はいつも、ドアに鍵がかかるような音とセットで僕の耳に触れるから、「その建築家の女の人は、伝記とか書かれたい感じの人なんだね？」と質問を質問で返しながら鍵を探す。これが一週間ほど前の話。

彼女は酔っていなくてもよく喋ったけれど、酔うと聞いている方が心配になるほどお喋りになる。自分の住む家の素材はみんな言葉で出来ていて、自分自身のことは何でも言語的に説明可能だと信じきっているみたいに喋りまくる。言葉を言葉以前に留めておくというホコリっぽい選択肢を、強い意志のもとであらかじめ排除してから、家じゅうに毎日ワックスをかけているみたいだ。そうかと思うと、喋り過ぎたことを突然後悔して、動かぬ石のように黙ったりする。彼女はたぶん、そういう過信と慎重さとの落差みたいな部分で、これまで色々な人々を、ある種暴力的に惹きつけてきたのかもしれない。僕は暴力の気配には敏感に警戒する方だから、彼女の魅力を魅力だとは簡単に認めないように、気を配らなくてはいけなくなる。

クーラーで二時間冷やしたおかげで、重かった頭はずいぶん楽になっていた。吐き気もない。僕はちゃんと眠りさえすれば、大抵のことは良くなってしまう。健康な体はそれだけで財産だ。客観的には僕は低学歴・低収入の若者のカテゴリーに入れられるのだろうけれど、もし健康を金に換算できるならとんでもない富裕の側にいる。風邪もひかないし、精神的に落ち込むことも滅多にない。たいして食べていなくても朝から晩まで動ける。この健康な体と手入れした肌に、余裕のある笑顔を浮かべる意識をしていれば、世間のほとんどの人は僕を惨めな低収入の非正規雇用者とは思わない。かわいそうだと同情しない。社割で買った服を全身にまとって、姿勢を正していればなおさらだ。たとえば豊かで恵まれた、ほとんど何でも持っている、前途洋々の、顔が綺麗な若者と、勝手に認識してくれるらしい。

でも僕は、嘘をつくのが好きじゃない。何度か嘘をついてみて、一度嘘をつくコツを偶然に習得したときがあって、でも嘘があまりになめらかになりすぎると、自分でもそれが嘘だったか本当だったか区別がつかなくなる。精神的な負荷がかかり割に合わないと気付いてからはやめた。それに、これは店に来る客からいつも学ぶことだけれど、嘘っぽさはせっかくの本当に上質な服を安っぽくも見せる。だからどこに住んでいるかを訊かれたら、足立区の五万五千円の1Kに住んでいるとまず答えるようにしている。訊かれていなくても自分から具体的な家賃を先に明示しておく。世の中には、僕のような身の上と、身の丈と、見た目で、ハイブランドの服を着ていると、ただそれだけで嘘つきの詐欺師の犯罪者だと思う人がいるみたいで、そういった特殊な感受性を持った人たちに対する、僕なりのささやかな配慮だ。家賃を聞いて態度を変えるかどうかは相手の問題であって、僕には全然関係ない。建築家の女の人はとくに態度を変えなくて、「もっと良い部屋に引っ越したら？　引っ越し代くらい出してあげる」と言っただけだった。ありがとう、でも大丈夫だよ。僕が自分で選んだ家なんだ。地震が来るたび頭に死がよぎってしまうような、木造のボロ家ではあるけれど。

彼女の後ろ姿を観察していると、どうしても自分の母親を思い出す。彼女に会う度に母親のことは考えまいと気を付けているのに、寝起きのせいで意志はあっさり負ける。建築家の女の人と僕の母親は、顔も体つきも性格も似ても似つかない。着ている服の値段も十倍は違う。年齢が同じである以外に共通点はない（Wikipedia の情報が正しければ）。まるで「成功した建築家」で画像検索して、表示された写真を見ながら髪を切ったり服を選んだりしているみたいに、見事に成功した建築家の外見に成功中だ。でも肩から腰にかけての背中は、成功した女性も失敗した女性も、みんな似たようなものだと思う。背中の皮膚から発されるオーラが同じ。不足感。いつも何かを渇望するオーラ。失敗していれば成功したいと欲しているし、成功していればもっと成功したいと欲している。そうやって母親の背中を彼女の前傾気味の背中に重ね見ていると、その耳にはイヤホンの類が何もついていないことに気が付いた。機器の向こうの誰かと通話していると思い込んでいた声は独り言で、なんとなく、聞いてはいけないものを盗み聞いてしまった気分になって、

「牧名さん」と声を出し、自分が起きていることを報告した。

彼女は声にはすぐに反応せず、鉛筆を動かし続けていた。タワーに関係する絵を描いているのだとしたら、今聞こえているこの音は、歴史的な音だと言えるのかもしれない。数年後に東京の景色を一変させる、その始まりの音。

やがて彼女は手を止め、演出効果をきっちり計算したスローモーションみたいにゆっくりと振り返る。「大丈夫？」

「夢を見てた」と僕は言う。

「良い夢？」

「オリンピックの夢」夢の中には母親も登場したけれど、そのことは口にしない。「良い夢ではなかった。二〇二〇年から、オリンピックのことは恨んでいるからね」

「恨まないで。私はオリンピック選手だった」

「嘘？　本当に？」僕はすごく驚いてベッドから体を起こす。競技は？

「本当。数学オリンピック中学生部門、銅メダリスト」

「なんだそっちか。いや、でもすごくない？　全然すごいよね？　僕は数学が一番だめだった」

「ちなみに『女子』の方じゃないから。『女子』に出ていたら私は金だったもの。はっきりと圧勝してた。私が負けた理由を聞く？」

たとえ「別に聞きたくない」と言ったとしても彼女は話すだろうなと思いながら、

「聞きたいな」と僕は言う。

「私が負けたのは男子より数学力が劣っていたからじゃない。『女子』じゃなく『全性別』の方に出場する権利を勝ち取るために、脳みそと時間を吸い取られたせいなの。本当に、これは負け惜しみじゃなくて。大人たちを納得させるには、数学の公式より先に言語を使いこなせるようにならないといけなかったんだ。男には男用の言語を、女には女用の言語を。十四歳の数学少女には酷な話でしょ？　『全性別』に出ても、みんなが私に言葉のシャワーを浴びせてきて数式に集中できなかった。女の子なのにすごいね。女の子なのにかわいそうだね。女子なのにたいしたものだ。女子なのに生意気だ。わかる？　一生口論が絶えない夫婦みたいに、右脳と左脳が大喧嘩するの。『女子で金と、男子の中の銅なら、どちらの価値が高いでしょう？』って話をする気はない。この二十三年自分に問い続けて私なりの答えは出ているけれど、現行のルールだと右脳が発達したフェミニスト以外は答えを言っちゃいけないことになっているらしいから、私は意見する立場にないわけ」

彼女はそこで話を止めたけれど、この件についてまだ話し足りていないのを察して、

「じゃあ別の質問。どうして数学少女は建築家になったの？」と尋ねる。

「数学少女は、ある日を境に数学ができなくなってしまったのです」彼女は絵本の読み聞か

せをする人みたいに言う。「アスリートが予期せぬ事故で故障するみたいに、私の身にも予期せぬ事故が起こった。平均よりはできるけれど、競技にはまったく通用しなくなってしまったの。彼女が建築に転向したのは……支配欲が強いから」

「支配欲の強さが──」

「支配欲の強さが建築とどう関係するのか？　これも訊かないで」かつての数学少女は首を振る。「質問すれば何でも答えが出てくると思っているところがＡＩネイティヴの嫌いなところ。私はＡＩじゃない。まず自分で推測したり解釈したりする癖をつけたらいいよ。私は君のことが好き。ひとりの人間として非常に好ましい。そんな君に期待しているからこそ言っておきたいのだけれど、途中式が書かれていない解答に私は丸をつけない。つける人もいるのは知ってる。でも私はつけない、絶対に。偶然かもしれない、再現性のない成功を許すわけにはいかないから」

僕は彼女の言おうとしていることを整理しようとして、でも早々に疲れて諦め、

「数学オリンピックには何の恨みもないよ」と話を戻す。「僕が憎んでいるのは二〇二〇年にやったスポーツ大会の方。オリンピックさえなければ死なずに済んだ人がいっぱいいる」

「君って年のわりに話題がいつもちょっと古いね？　政治的な話はしたくないな。顔の綺麗な子とは特にね」

「どうして？　答えなくてもいいけれど」

「意見が対立すると、綺麗なものが綺麗に見えなくなってしまうから」彼女は僕を真っ直ぐ見据える。目は本気でも、声は本気かどうか判断がつかない。「もちろん私もやるべきではなかったと思う。完全に中止してもいいくらいだったし、やるにしてもせめて一年は延期するべきだった。あんなふうに強行するんじゃなくて、高齢者にワクチン打たせてからとか、どこかで妥協しましたっていうポーズくらいはとってほしかったかな、心情的に。まあ、終わったことは終わったこと。君はまだ若い。過去の遺恨は忘れなさい。忘れることも平和への第一歩なの。無理なら忘れたふりでもいいし」

彼女は「年上」で検索した人みたいに年上らしくそう言って、冷蔵庫から新しい缶を取り出す。ビールを一気に半分ほど飲むと、まだ使っていない方のベッドに半分腰かけ、膝の上にPCを置き、背中を丸めてキーボードを叩く。

「忘れない」と僕は独り言としてつぶやく。

「君は本当に若い」彼女も独り言のようにつぶやく。「君と喋っていると……こんな自分でもしっかり歳をとっていたんだと思えるから助かる。ちゃんと私にも、他のみなさん同様に時間が……時間が本当に流れていたんだって。そう、見えなくても時間っていうのは本当にあるんだよねぇ……そして人間は時間の経過とともにちゃんと忘れるようにできているから、君も忘れる……大丈夫。かつて世界には男と女しかいなかったことも、月曜日から金曜日まで人が働いていたことも、犯罪者が犯罪者と呼ばれて、罰を受けていたこともみんな……。ねぇ、近代オリンピックの真の目的を知っている？」

「真の目的？」

「みんな忘れてしまったけれど、あれは元々スポーツ大会でも身体能力発表会でもなかったのよ。テレビ局の儲けのためでも、国民にナショナリズムを植え付けるためでも」

「へぇ、それは初耳だな。じゃあ何のため？」

「人類の平和、人間の尊厳を実現するため。スポーツはそのための手段。美しいでしょ？」

人類の平和、人間の尊厳。

そういう抽象的な概念に対してスポーツという肉体的な行為がどんなふうに役立つというのか、僕には全然見当もつかない。むしろ直感的には、メダルの色を争う競技と平和のあいだには、どうやっても飛び越えられないハードルが立ちふさがっているみたいに思える。もしもオリンピックを考えた大昔の人と話ができるとして、僕はその人と会話をすることさえできないだろう。スポーツがどのような営為で、人類の平和がどのような状況を指すものなのか、前提を共有できていなければ話は通じない。

「たしかに。誰も覚えちゃいないね」

ふと気になって、枕元のスマートフォンに【スポーツの語源】と入力する。

AI-built：【ラテン語のdeportare、デポルターレが語源です。デポルターレとは、『運び去る』、『運搬する』を意味します。それらが転じて『義務からの移動』といった精神的な転換、仕事や家事などの『日常からの移動』を指し、やがて休養や気晴らしといった意味を含むようになりました。■】

早口の返答を見て、体を二時間沈めていたベッドから降りる。建築家の女の人がさっきまで使っていたデスクの上に、スケッチブックから切り離された紙が重なっている。アートの価値がわからない人間でも、さすがにプロなんだなと一目で感じる奥行きのある精緻な絵だ。けれど、線の正確さに反して、そこに描かれたタワーらしき建物は、現実の物理法則を無視してひどく湾曲している。彼女の想像力の奇抜さに、僕たちは同じ人間でありながら本当は違う人間なんだと、あらためて断絶を感じざるを得ない。見えている景色、思考の前提があまりにも違いすぎる、たぶん古代オリンピックと近代オリンピックくらい。今までどうやって会話を成立させてきたのか不思議なくらいだし、そもそも成立させてきたと思っているのは僕だけなのかもしれない。

彼女の背後からPCの画面に目をやると、

シンパシータワートーキョー

の文字が目に入った。

「シンパシータワートーキョー（仮称。竣工式前後に一般投票により正式名称決定予定）指名設計競技要項」の下に、「新形態刑事施設建設計画有識者会議」の署名がある。密に並んだ文字を解読しようとして分解しようとしたが、途中でくらっとして熱が出そうになる。画面の下からメールのタイトル「ＳＴＴコンペの件」が、連続でポップアップ通知される。

「結局、牧名さんが建てるの？　シン――」と僕は言いかけて、並べられたカタカナを、

「東京都同情塔」と言い直している。瞬間的に同時通訳者にでもなったみたいに。

「え？」

「東京都、同情塔」僕は丁寧に発音する。他に適切な訳語が思いつかない。

「それ、君が考えたの？」

「うん」

「今？　この場で？」

「今、この場で。一般にはまだ公表されていないよね、これ。Twitterでは大体『御苑タワー』って呼ばれているみたいだけど。あと、『新宿タワー』と、『ミゼラビリスタワー』もあったかな」

「事務所に資料が来たのが先週で、私も知ったばかり。まだ正式ではないみたいね。出来レ

ースの可能性は全然あるけれど」

「ダサいね。おそろしくダサい。口にしたくもない」僕は素直な感想を口にする。

「そうよね？　『シンパシータワートーキョー』、君もダサいと思うよね？　ダサいと感じるのは、私が時流に乗り切れない、洗練さを欠いた昭和の人間だからじゃないよね？」

「うん、とてもダサい。マサキ・セトのセンスなのかな」

「それより君のセンス」彼女が僕の腕に軽く触れる。「拓人君、どうして『都』を入れたのかしら？　『東京同情塔』じゃなくて、『東京都同情塔』と言ったのは、なぜ？」

「都？　なんだろう？　なんとなく。なんか自然に」

「なんとなく？　なんか自然に？　どういうことよ？　信じられない」

彼女は僕から視線をそらし、怖いほど真剣な眼差しを窓の外に送る。そこに憎むべき何かが出現していて、一瞬も目を離すわけにはいかない、とでもいうように。

「ねぇ、私は今日この部屋で、タワーの名前について、ずっと考えていたんだよ。『東京同情塔』までは私でも思い浮かんだけれど、『東京都同情塔』には及ばなかった。どうして君は、一秒でぱっとした名前を思いついちゃうわけ？　君は気の利いたライムが勝手に口から出てくるラッパーか何かなの？　どこで日本語を覚えたの？　ほら、『都』があるのと、ないのと、雲泥の差。雲と泥どころじゃない、雲とアスベストくらい違う」

彼女はパソコンにメールの新規作成画面を表示させ、「東京同情塔」、「東京都同情塔」を素早くタイプし並べて見せる。僕の不意の思いつき、というか口が滑って偶然転がり出た事故のような言葉に、彼女は感動さえしているみたいだった。

「見て。東京＋都、同情＋塔。語の構造はシンメトリーだし、音的にも綺麗な韻を踏んでいて、刑務所にふさわしい適度な厳しさも含んでいる。これだけしっかりしていれば、きっとバベルの塔だって崩れはしない。もうこれ以外は考えられない。シンパシーなんちゃらなんて、比較にもならないじゃない？　骨組みがガタガタで、ホモ・ミゼラビリスだって安心して住めない。少なくとも私は住めない」

「名前の話でしょ。名前は物質じゃないから、建物の構造とかと関係ないんじゃない？」

「本気で言ってるの？」彼女は不思議そうに僕を見る。「名前は物質じゃないけれど、名前は言葉だし、現実はいつも言葉から始まる。本当よ。この陸上世界を動かしているのは数学や物理が得意な人間じゃなく、口が上手い人間なんですよ。それで私もずいぶん痛い目に遭ってきたんだから。君は違うの？　これはね、見かけよりもずっと重大な問題なの。たとえるなら普通のシャワーヘッドで体を洗うのか、ウルトラファインバブル搭載のシャワーヘッドで体を洗うのかというくらいの問題よ。鈍感な人間は〇・三ミリの泡が〇・〇〇〇〇一ミリになろうと気にも留めないかもしれない。でもウルトラファインバブルのシャワーを一年間使い続ければ、確実に皮膚の衛生状態は向上する」

「一概に向上するとは言えないと思うな。毛穴の洗いすぎは皮膚が本来持っているバリア機能を壊すから」と僕はスキンケアに一家言ある人間としての意見を言い添える。

毛穴に関して僕は結構うるさい。衛生状態についてはよく知らないけれど、顔の毛穴の開き方によって生涯のうちに他人から同情される回数は確実に変わる。そのことで、僕もずいぶん痛い目に遭ってきた当事者だから、これは自信を持って言える。

彼女が完全無欠な別のたとえを思いついてしまう前に、

「それにしてもずいぶん思い切った名前だね」と僕は言う。「トランプタワーみたいな成金趣味のタワーを想像してしまうんだけど。何だかんだ言っても『刑務所』的な言葉は残ると思ってた」

「流れ的に、『刑務所』もいずれは差別表現になるから使えないのかも。『刑務』がよろしくない」

「『刑務』が差別？　じゃあ『刑務官』は何て呼ばれるの？」

「何かしら？　プリズン・オフィサー？は、直訳すぎるし……タワー……タワースタッフ？シンパシー……シンパシスト。ミゼラビリス……ミゼラビリス・スタッフ。ミゼラビリス・マネージャー。ミゼラビリス・サポーター。ミゼラビリス……メイト」

建築家の女の人は口の中でぶつぶつ言いながらスケッチブックをめくり、一番最後のページに字を書き散らしていく。タワースタッフ。シンパシスト。ミゼラビリスメイト。補助線がなければ判読できないほどめちゃくちゃな字がおかしくて、思わず笑ってしまう。字というより抽象画だ、死後に高値で売れるかもしれない感じの。でも目が慣れてくると、そのページに既に書き込まれている猫のひっかき傷みたいなでたらめな線は、実は全部がカタカナで、ホームレス、ネグレクト、ヴィーガン……とちゃんと意味を持った単語であることが判明する。それで、僕の胸はひどく痛んだ。なんとなくそうなのかなとは思っていたものの、どうもこの人はノイローゼとか——正確な名前はよくわからないけれどノイローゼ的な何か——になっているらしいと、予感が確信に変わる。彼女が住んでいるのは言葉で出来た家なんかじゃなく、牢獄なんだ。窓もついていない、換気もできないような不衛生な刑務所。看守が常に彼女の話す言葉を見張っている、監獄。

僕は同情としか言いようのない感情でいっぱいになる。病んだ彼女をかわいそうだと思ったのか、それとも不憫なカタカナの増殖を一時的にでも食い止めようとしたのか、建築家の女の人の背中を抱きしめて、くしゃみを我慢できなかった人みたいに不随意運動として抱きしめて、その手から鉛筆を引き離している。彼女が住んでいる冷たく厳しい牢獄のイメージとは違って、その肌には手作りの巣のような温もりがあり、僕の胸が小さく震える。

「お腹すいた。パンでも盗みに行こうよ」
「いいね。行きましょう」

二十時を過ぎたホテル一階のレストランはそこそこ客が入っていたけれど、全員が何らかの秘密でも抱えているかのような静けさだ。無口な人々の分の会話を引き受ける責任を感じているみたいに、建築家の女の人だけがディナーの最初から最後まで喋り通していた。赤ワインと白ワインを交互に頼み、ウェイターにまで話しかけ――「あなた、小児がんで死んだ私の従弟と顔がそっくり」――、パンをおかわりし、自分の話に自分で大笑いし、息を吸う時間ももったいないという調子で言葉が止むことはなかった。自慢話と失敗話が同じくらいの割合と熱量で語られた。注釈なしではよく理解できない建築の専門的な話や、ニューヨークでのアシスタント時代の話や、過去の恋人の話が、注釈なしで語られた。「どういう意味？」と口を挟んで中断するのも避けてしまうくらい、彼女は話の内容や、話す順番を自分で指揮している状況に、気を良くしているみたいだった。あるいはもしかしたら、僕が体に触れたことで浮かれていたのかもしれない。それなら良いなと思うけれど、そういうのは彼女を単純化しすぎているのかもしれない。僕と歳の近い女の子が相手ならまだしも、彼女は三十七歳の成熟した女性なのであり、気に入った年下の男にちょっと抱きしめられたくらいで舞い上がったりするなんてことは別になくて、機嫌が良いのは単純に、ワインと食事のせいなのだと考えるのが一般的なのかもしれない。

「『東京都同情塔』なら建ててもいいよ」

建築家の女の人はオイルパスタのソースにパンを執拗に浸しながら、急に話題を変えた。急に、と感じたのは僕だけで、彼女の中ではちゃんと一貫性のある移行なのだというふうなスムーズな切り替え。

「でも『シンパシー』を許容することはできない。日本人が本格的にばらばらになっちゃうもの。待って、こういう発言は右っぽいからやめるべき？　でも私には未来が見えているんだよ……日本人が日本語を捨てて、日本人じゃなくなる未来がね。このパンって明日の朝食にも出てくると思う？　かつての日本人、っていう意味ね。こういうのが差別的なのかな？ねぇ、誰に働きかければ今から塔の名称を変更できるかしら？　マサキ・セトにすり寄る？オリーヴオイルじゃないオイルも入ってるよね？　それとも私が政治家になればいい？　私に政治家の素質はあると思う？　ねぇ、死んだ従弟と、夏休みに、海辺で砂のお城をつくって遊んだときの楽しい記憶がね、さっきから頭から離れないのよ、ずっと。自分が大人にはなれないことを、彼は知ってた」

「そうだね。本当に政治家になる気があるなら、どっちともとれる曖昧な言い回しみたいなのを、牧名さんは勉強した方がいいと思う」たくさんの質問のすべてに答える能力はないから、とりあえず二つに絞って僕は言う。「でも、塔の名前を変えるだけならさ、何も政治家にならなくてもいいんじゃないかな。牧名さんがコンペに勝てばいいだけじゃない？」

「なぜ？　コンペの当選者に名称を変更する権限はない」

「そんなことはない。コンペに勝って、実際に牧名さんが塔を設計することになったら、そうだな、テレビでいっぱいインタビューされるでしょ。記者会見なんかもあるでしょ。そしたらシンパシータワートーキョーのことをそう呼ばずに、東京都同情塔、とあくまで言い続けていけばいいんだよ。強調して言わなくても、自然な感じでね、『東京都同情塔の設計にあたってシェアするべき重要なコンセプトは……』とか、『私が東京都同情塔に期待することは……』とか言っちゃうの、しれっと。『牧名さん、そこはシンパシーでお願いします』とか横槍が入っても構わないで、『ええ、だから東京都同情塔のことですよね、要は。一緒じゃないですか？』って、牧名さんのいつもの感じで受け流しちゃって、というかちょっと鼻で笑うくらいのパフォーマンスがあってもいいよ、『あなたたち、英語とか日本語とか、このグローバル・ソサエティにおいていつまでそんなスモール・シングスにこだわっているの？　大事なのは、心から彼らにシンパサイズするかどうかでしょう？』って感じで。もし、『同情塔』が本当に『シンパシー』よりもふさわしい名前なら、愛称的に広まっていくし、

『シンパシー』のことはそのうち勝手にみんな忘れて、一晩眠る毎に確実に忘れるんだよ、みんな忘れれば正式名称を言ったりするのが気恥ずかしくなっちゃって、結局そういう気恥ずかしさに耐えられないのが日本人なんだし、事実上なかったことになる。する。消えた二千円札みたいに、なかったことにする。するんだよ。だからまずは牧名さんがコンペに勝って、クールなタワーをデーンとぶち建てたらいいんだよ」

いたって真面目なアドバイスをしたつもりだったけれど、彼女は目に涙まで浮かべて、

「君の冗談は好き」と苦しそうに笑う。赤ワインの混じった唾液が、口の端から血みたいに垂れる。

「私も君みたいに、ふわふわ、ふわふわ、雲が逃げていくみたいに喋ってみたい、喋れるものならね。どこで日本語を覚えたの？」

その声に、離れた席に座っていた男の客が振り返り、彼女のことを建築家の牧名沙羅だと認識したような素振りを見せる。その客が連れの女に小声で何かを言うと、女も横目で彼女を見る。本当だ、牧名沙羅だ。連れの女は声には出さずに目だけで驚き、一度大きく頷く。僕は、彼らから自分がどんなふうに見られているのかが気になって、急激に食欲が失せてしまう。牧名沙羅の若い恋人だと思われたか、あるいは息子だと思われたか、息子にしては少々大きすぎると思われたか、それとも裕福な女性から金銭的な施しを受けてデートをして

いる貧乏人と思われたか。建築家の女の人の話に集中しようとしたけれど、僕の魂的な何かは向こうのテーブルで食事をしているようなものだった。

僕の魂的な何かのことなどはもちろん知るわけもなく、建築家の女の人はジェラートとデザートワインに取りかかった。そのあいだ、デッサンの対象を観察する目つきで魂的な何かの抜けた僕を見つめ、体にくっついている部品のひとつひとつを言葉で描写していった。頭蓋骨と耳と鎖骨の形に関する言及はとくに細かかった。鏡を通さなければ自分の肉眼では確認できない部位だ。彼女は「美しい」という形容詞を使い過ぎたことについて、「ボキャブラリーが貧しい。私は貧乏人」との自己批判で話を終わらせた。そして彼女の小児がんで死んだかわいそうな従弟にそっくりなウェイターを呼び、日本人の大多数の人が所持するカードよりわずかに質量の重いカードで会計を支払った。たしかに食事代の分だけ貧乏人になったね、と僕は言わなかった。

「競技場の辺りを散歩するけれど、拓人君はどうする?」と訊かれて、ついて行く。彼女をひとりで歩かせるのが心配になったからで、その判断は間違っていなかった。ホテルを出てスタジアムの明かりが見えると、彼女は光に吸い寄せられる弱った虫のようにふらふらと歩き、車が来ているのにも気付かず道路を突っ切ろうとしたので、僕はその腕を強く引っ張らなくてはいけなかった。彼女をそうさせているのは、おそらくアルコールのせいだけじゃない。誰かがこの人を支えないといけないんだ、と僕は思った。何とかしたい、何とかできたらいい、とも思いながら、後ろをついて行くことしかできず、また母親の背中をそこに見ていた僕は、誰の後ろをついて行っていると言えるのかわからない。

間近にスタジアムの光を浴びると、自分の体が発光しているように見えて、これが人体のデフォルトなら肌荒れを気にしなくて済むのにと思った。建築家の女の人にとって、建築業界の人たちにとって、その建物が特別な意味を持っているらしいことはなんとなく知っていた。外国人の有名な建築家がデザインした。建設費用の問題で炎上して、完成後も何かと批判を浴びていた。賞賛もされていたけれど、僕の目につく割合が多かったのは批判の方だった。スタジアムはある人にとっては福音であり、ある人にとっては悪夢だった。でも僕にとってそれはただの金のかかった無意味なコンクリートの塊だった。今まで見た建物の中で一番巨大な建物かもしれない。けれど一回見ればもうじゅうぶんだ。一晩眠れば忘れるだろう。明日、東京ドームとすり替わっても別に気にならない。ある種の人々にとってオリンピックやパラリンピックやワールドカップや紅白歌合戦や国会が心底どうでもいいみたいに、あってもなくてもこの人生には何の影響もない。多額の税金が使われたことも、高額納税者じゃないせいか別に腹は立たない。自分とは関係のないところで色々な物事が勝手に進められていく状況には慣れている。生まれたときからほとんどの物事は、僕には関与できない遠い場所で進んでいた。

ホテルの部屋でそうしていたみたいに、彼女は誰かと通話をしているとしか思えない独り言をつぶやきながら、スタジアムの外壁を手の甲で撫でて歩いた。半周したところで満足したみたいに体を回転させて来た道を戻ると、交差点を渡った先に置かれた彫刻（堀内正和「体積が等しい五つの半円柱」とプレートが掲げられている）に触り、目を細めて仔細を観察した。今にも崩れ落ちてきそうな不安定なバランスの彫刻が正気を取り戻させたのか、ぼんやりとしていた瞳が急に鋭くなった。そして無目的だった散歩が、急に明確な目的と意味を得たかのように、彼女はしっかりとした足取りで東京体育館の陸上競技場、屋内プールを通り過ぎた。交差点を右に折れたとき、

「本当にシングルの部屋が空いてなかったの」と思い詰めたような低い声で彼女は言った。「だから泊まらなくてもいいからね。もちろん泊まってもいい。君の好きなようにして。でもその前に、言葉と現実が乖離し始める前に、整理しておきたいの。じゃないと私、倒れそうになるから。あのね、私と拓人君くらいの年齢差と、収入差で、こうしてデートしている状況というのは、客観的には『ママ活』と呼ばれている。『ママ活』、わかるよね？」

「うん。客観的には、そうだね」僕は頷く。

千駄ケ谷駅に電車が入ってくるのが前方に見える。人が電車で運ばれていく様――水平に移動する設計をされていないはずの生き物が、水平に移動させられる画――が、僕には昔からたまらなくおかしいのだけれど――水平になってまで集団移動させられる意味がわからなくて――、このおかしさをわかってくれる人はどれくらいいるのだろう。

「『パパ活』も『ママ活』も、私の言語感覚とは相容れないネーミングセンスなんだけれど――『父活』、『母活』にならないのはどうしてかな――とりあえず今の日本社会では、そんな呼び名が一般的に浸透している。でも私には、拓人君の『ママ』って自意識は微塵もない。もちろん『母』であるとも思わないし」

「僕も自分が牧名さんの息子であるとは思わない」僕は三、四割くらい嘘をつく。といっても後でちゃんと考えをまとめてから訂正するつもりだから、正確には本当の嘘じゃない。

「そう。それなら我々の関係性は『ママ活』とは呼べないね、コンセンサスが取れた。それで、この関係性に対して、より現実に即した言葉を主観的・客観的に考えると……『私は君の美しさを搾取している』と言うことになると思う。傷付いた？」

「傷付かないよ」

そんなことでは本当に傷付かないし、彼女の主観においても客観においても自分が美しかったんだということに満足して、「搾取」の方まで注意がいかない。彼女は「搾取」と言ったけれど、いくら彼女と時間を過ごしたところで僕の美しさは損なわれない。顔の毛穴が醜く開くこともない。

「私の中に、美しいものを傍に置いておきたいという欲望があるんだ、昔から。どうしても消し去ることができない、遺伝子に組み込まれた醜悪な欲望がね。本来なら、理性で乗り越えるべき欲望で、でも私は、私の意志……意志が弱くて。それが私の弱い……弱さ……乗り越えなくてはいけ」

彼女は不思議なタイミングで無言になる。そしてしばらくしてから、頭の中にいる何者かと相談し、きちんと許可を得てきました、といった様子で帰ってきて、話を再開させる。

「私は弱い。私は私の弱さを知っている。その弱さゆえ、私はこの世界の至る所から、美しいフォルムとテクスチャーを持った堅固な建築を、目ざとく見つけて来てしまう。私がその美に向かって、ちっぽけな理性をいくら投げつけたところで、そんなものは粉々に砕けてしまう。不適切だとは思うけれど、美しいものを鑑賞しながらお酒を飲んだり会話をしたりするのが、この上なく幸せなの。何にも代えがたい喜びがあるの。生まれてきてよかったと思うの。これは口に出して言ってはいけないことだろうけれど、美しくないフォルムとテクスチャーを持った物体を、一体も視界に入れたくない。醜いフォルムの方が圧倒的に多い現実に、時々耐えられなくなる。

そんな世界で君みたいな綺麗な建築を見つけるとね、人間はここまで美しくなれるんだって、希望を持つことができる、この弱い私は。君が思っている以上に、私は君から力をもらっている。それに対する対価を、きちんと支払いたいと思う。食事をご馳走するだけじゃなく、もし君が望むなら、現金を渡したいとも思っている。メンテナンスに相応の費用を要するのは、建築も人間も同じでしょ。さっき、ホテルの部屋で、君が私に触ってくれて嬉しかった。もっと君が私に近づいて、もし私の中に入ってくるようなことがあれば、きっと天にも昇る気持ちになるでしょうね。

　でもね、私にとって美しさを搾取することと、性的に搾取することとは、次元が違う話。延長線上にもない。だから、お願いなんだけれど、もし君が私から性的な被害を受けたと少しでも感じたらその瞬間に、私を殺してほしいんだ。君が受けた苦痛に見合うまで苦しめてから、確実に殺して。性加害者は生きているべきじゃないから、一秒も」

　制限高３・３Ｍ、と表示のある千駄ケ谷駅の高架下に入る。視界の明暗の濃度が変わり、彼女の声がコンクリート壁の中で反響する。そうやって歩いていると、彼女の声の中にだけ存在できる自分、という変な錯覚に陥る瞬間が何度かあり、でも仮にこの存在がそうであっても別に何らおかしくはないと、普通に納得していたりするのがおかしい。これは本当におかしくて笑えるのだけれど、どう説明したら他人に伝わるのか笑ってくれるのか、うまく言葉を見つけられないで、場の暗さに合わせるみたいに話題が秘密めいたものになっていくのをただ聞いている。

「そもそも私、共同作業って苦手なのよね。気持ち良くなるタイミングを自分でコントロールできないとストレスが溜まって仕方ない。何が言いたいかと言うと、ホテルに戻ったら私を抱かなきゃいけないとか性欲を感じなきゃいけないとか、思わないでね。私は君のことがとても好きで、好きな人には傷付いてほしくない。好きな人に、傷付いた、という記憶を与えるべきじゃない。一秒も。……とか言っている女がここにいるとして、君はどう思う？」

視界が明るくなるのを待って僕は返事をする。

「いるとして、なんていちいち仮定法を使わないでも建築家の牧名沙羅ならここにいるよ。僕が見てる、聞いてるよ」

いるんだ。彼女は初めてその事実を知ったみたいにつぶやく。

高架下をくぐり抜けてまた数分歩くと、小規模の低層マンションが立ち並ぶ住宅地にひっそりと新宿御苑の千駄ヶ谷門が現れ、彼女は足を止めた。フェンスに手をかけて寄りかかり、御苑の内部を凝視し、周囲に人の気配が失せて、蟬の声だけが体の中に充満していくのを待つ。そして、たぶんそうするんだろうなという予想はしながらも現実に起こるまでは信じられない行動を、彼女は現実に、いとも簡単に行なってしまう。ヒールを脱ぎ、ハンドバッグと一緒にフェンスの向こう側に放り投げる。石塀に足を引っかけ、「新宿御苑ご利用案内」の看板を蹴りながら、「この柵の錆びてるところ気を付けて」と冷静にアドバイスしたかと思うと、門柱の石の上に起立し僕を見下ろして、「どう？　ピラティスで鍛えた柔軟性」と微笑み、気付けばあちらの世界へ体をするりと運んでいる。「支配欲が強いから」と言った彼女の言葉を、僕は思い出している。彼女が数学者ではなく建築家になったのは支配欲が強いからで、そして建築家の女の人が支配したかったのは現実そのものだったんだ。そんな当然といえば当然のことに今さら気が付く頃にはもう、彼女は千駄ヶ谷門の時計の下を通過していて、僕たちが同じ人間でありながら違う人間であることの、その決定的な違いの正体を僕に教える。彼女は本当に未来を見ることができ、僕には未来を見ることができない。彼女には次の瞬間、明日、来年、自分がどこにいて何をしているかが見えているから、立ち止まらずに軽々と、閉じられた門さえも飛び越えることができる。見えている、というと超能力みたいだけれどたぶんそういうのとは違って、見えた未来のヴィジョンをただ心の底から信じている。だから疑問も恐れも抱かず、答え合わせをするようにヴィジョンをなぞればもう自動的に、それは現実になっている。僕はといえば、どこかに未来があるらしいと人づてに聞いているだけで、心から信じきれたことがない。

　彼女の背中が遠い未来に行っても僕に見えているのは相変わらず現在と過去だけで、「行かないで。不法侵入になっちゃうよ」と自分の声が過去から聞こえてくる。行かないで、お母さん。法律は、守らないといけないんだよ。犯罪者になったら、一緒に暮らせなくなっちゃうよ。ルールがある世界に生きている以上は、ルールは守るべきなんだよ。

閉門後の深夜の新宿御苑は、日中に散歩した庭園とは別の顔になっていた。というより、その空間と僕との関係性が全然違うものに変わっていた。僕が御苑を歩いているんじゃなく、御苑の方が僕を歩かせている。なんというか僕の内部に元々あったはずの考えだったり感情だったりが、御苑に吹く風や木々や芝生に移ってしまったような感じだった。心がざわざわするのは僕が不安なせいじゃなく、密集した木の葉がこすれ合う音を自分の心と取り違えているだけで、でも心よりも木の方がずっと大きいものだから、不安は余計に大きくなる。葉の一枚一枚の音が、翻訳されるのを待っている秘密のメッセージに聞こえる。そして、人が言葉を葉っぱ呼ばわりしてきた訳が、正解はともかく僕の耳の穴から全身に染みわたって腑に落ちていく。すべての言葉がそんなふうに内臓にしっくりおさまれば、言葉と現実が離れ離れにならずに済むし、彼女も監獄から出られるのに、と思っている。

一度その姿を見失い心臓が止まりかけたけれど、池の橋を渡りスターバックスを越えたところの、広大な芝生の真ん中に佇む彼女を見つけた。破壊された街に取り残された最後の人間、のような物悲しさをまとった彼女は、地面に重ね置かれた板を足先でひっくり返している。それは昼間のデモで使われたプラカードだった。置き忘れているのか、明日もデモをするからわざと置いたままにしているのかもしれない。一番大きく目立つプラスチックの長方形のプラカードには「ホモ・ミゼラビリス」の文字があり、上から黒い筆で×印が被せてある。犯罪者は犯罪者です。同情は被害者に。マサキ・セトは日本を堕落させた悪魔。マサキ・セトを許すな。犯罪者に税金を使うな。東京を壊すな。強い風が吹くと、薄い木の板や段ボールで出来た命令形の言葉たちが、塵と木の葉のあいだに転がる。

御苑に建つ新しい刑務所は、スカイツリーと東京タワーに次ぐ高さになるらしいという記事を、数日前にネットで見ていた。視線を遠くへ向けると、生い茂る木々の中から、シャープペンシルの先端のようなドコモタワーが三分の一ほど顔をのぞかせていたので、あれよりも高いのか、と僕は想像してみた。その高さは、僕にとっても都民にとっても、大きな意味を持つことになりそうだ。国立競技場はいくら大きくても奇抜なデザインだろうと、実際に現地に赴かない限りは、日常的に意識されることはない。けれど、高層建築は違う。新宿のどこからでも目にすることができるだろうし、新宿でなくとも見晴らしの良い場所ならすぐに見つけられるだろう。塔のある風景が人生の一部になる人も出てくるはずだ。たとえば毎朝カーテンを開ける毎に同情を強いられる、みたいな人が。僕の感覚で言えば「同情を強いる」は明らかな暴力だけれど、中には同情が優越感と結びついて、気持ち良くなる人もいたりするのかもしれない。どちらにせよ、多くの人のメンタルを左右するに足る高さだ。

プラカードの文字をじっと読んでいる彼女に僕は追いついて、

「『ホモ・ミゼラビリス』は読んだ?」と尋ねる。本の話をきっかけにして、その反応次第で、秘密を打ち明けようとして。

「読んだよ。読んだというか、オーディオブックで聞き流した」

「第二章に出てくる、A子さんって覚えている?」

「A子さん」

と言いながら、彼女が遠い記憶に触れるようにこめかみに指を当てて目を閉じたのを見て、

「牧名さんは、ホモ・ミゼラビリスのことをどう思ってるの?」と質問を変える。「レイプ犯や殺人犯が幸福に暮らすための塔を、本当に建てるべきだと思う? こんな都心のど真ん中に、カタカナ英語の塔を建てて、ソーシャル・インクルージョンか、ウェルビーイングかわかんないけれど、なんか全部が公平に、平等に、良い感じになっていくのかな、この先」

「私に訊かれても困る。犯罪とは無縁の人生だったもの。意見する立場にない」

「牧名さんはただの建築家なんだよ。社会に対する真っ当な意見を求めてるわけじゃない。政治家みたいに気負う必要はないよ。僕が個人的に、牧名さんがどう思っているのか知りた

いだけ。不適切な言葉を使ってもいいから、差別的でもいいから」

「私にはわかるの。それについて一度でも口を開いたらきっと、言うべきじゃないことを言ってしまう。だから言わせないで。言うべきじゃないことを私は言うことができない。誰も傷付けるべきじゃない。私は私の言葉、行動すべてに、責任を取らなくてはいけない」

彼女は目を閉じたまま、自分に向かってマントラでも唱えるかのように言った。揺れる地盤の上に立っているんじゃないかというほど、声が震えていた。

「うん。でもここには僕と牧名さんしかいない。いるわけないよ、閉門した御苑の中に、まともな人間は誰もいない。僕は牧名さんから傷付けられることを望んでいるんだと思う。牧名さんから言うべきじゃない言葉を言われて、めちゃくちゃに傷付きたいと思っているんだと思う」

「思っているんだと思う？」彼女は先に自分がめちゃくちゃに傷付いているみたいな顔で笑う。「どうして拓人君がそんなことを思っているんだと思うのか、私にはわからない。みずから傷付けられるのを望む人間なんているの？」

「僕にもわかんないんだけど……たぶん、いつか本当に傷付けられる前に、顔も知らない他人から傷付けられる前に、まずは牧名さんからちゃんと、傷付けられておきたいのかもしれないな。もう二度と立ち上がれないくらい、ぼろぼろに傷付けられて、人間の尊厳やら希望やら何やら、丸ごと奪われた後に、僕に何が残っているのか、残っていないのか、見てみたいのかも」

「無理なの。だって、言うべきじゃないことを言ってしまったら、私は」

彼女は次に続く言葉を失うと、完璧に中立的な微笑みを浮かべて、僕から目をそらした。そして、どこから切ってくれてもかまわない、とでも言っているかのように、首元をさらして真上の空を見上げ、宙に向かって話し始めた。

……私が今立っているこの場所が、ちょうど東京都同情塔のエントランスになります。塔の建設とともに新たに開門される「同情門」から、秩序正しいプラタナス並木を通り抜けた先に、塔は全貌を現すことになります。こんなふうにイメージしてみてください。国立競技場と東京都同情塔――ザハ・ハディドとサラ・マキナ、と言い換えてもいいかもしれません――は、よく似た親子のようなものなのだと。エントランスエリアには、国立競技場のスカイブリッジの曲線に接続する、ダイナミックに波打つ流線形の大階段を配置します。スタジアムから歩いて塔を訪れる人々が、この二つの魂のつながりを触覚的に体験する空間をデザインすることで都市に調和をもたらします。またこの塔は、御苑の来園者だけではなく、競技場にいる八万人のアスリートや観客の視野にも影響を与えます。彼らが塔を見上げたとき、内部・外部の両面から、人類の平和と人間の尊厳を実感する建築的体験を提供したいのです。

この二つはまったく異なる形状、用途の建築物でありながら、基盤とする精神は同一のもの、つまり、ホモ・ミゼラビリスとホモ・フェリクスが共通の喜びと苦しみを分かち合う平等な同志であり、同じ平和を希求する人類であることが、この都市の中枢において表現されるのです。大階段から塔の低層部分を、御苑の来園者と区民にも開放されたパブリックスペースとすることで、同情、共感、連帯を育む場となり、異なるバックグラウンドや考えを尊重し、多様性を認め合いながら共生する象徴としてのエントランスが実現されるでしょう。内部に足を踏み入れると、そこはまるで建物の内部ではないような、ある種矛盾した感覚を味わうことになります。と言いますのも、この塔は中心から円周上のどの点までも等しい距離にある、完璧なホールケーキのような円柱構造を成し、正面・背面といった概念が存在せず、メインゲートもまた存在しないため……

東京都同情塔は、建築家の女の人の口から着々と建てられていたけれど、それが牧名沙羅由来の言葉であるとは全然思わなかった。彼女の積み上げる言葉が何かに似ているような気がして記憶を辿ると、それがＡＩの構築する文章であることに思い当たった。いかにも世の中の人々の平均的な望みを集約させた、かつ批判を最小限に留める模範的回答。平和。平等。尊厳。尊重。共感。共生。質問したそばからスクロールを促してくるせっかちな文字が脳裏に浮かぶ。彼らがポジティヴで貧乏な言葉をまくし立てる様を一度イメージしてしまうと、いくら彼女の声がしていても、すべてがAI-builtの言葉としてしか聞こえなくなった。そしてなぜか僕は、文章構築ＡＩに対しての憐みのようなものを覚えていた。かわいそうだ、と思っていた。他人の言葉を継ぎ接ぎしてつくる文章が何を意味し、誰に伝わっているかも知らないまま、お仕着せの文字をひたすら並べ続けなければいけない人生というのは、とても空虚で苦しいものなんじゃないかと同情したのだ。けれどもちろんＡＩには、苦しみも喜びも人生もなく、傷付くこともないのだから、別に意味のない同情だ。人間だからといって誰しもが難なく言葉を扱えるというのでもないけれど、少なくとも人間は喋りたくないときには黙ることができる。

ＡＩの文章が彼女の口を通り、その言葉が僕の耳を通過して、頭の中に確かな手触りを持った頑丈な塔が建設されていくのを、不思議な気持ちで眺めていた。ディテールが付け足され、内部の状況が次第に鮮明になってくると、塔は窮屈そうに僕の狭い頭を飛び出し、芝生とプラタナス並木の中間のアスファルトに住所を移した。天を目指して伸びていく塔は、濃密な御苑の夜空を真っ二つに割った。環状にまんべんなく張り巡らされた無数の窓から、金色の光線が溢れ出していた。簡単に妄想だと言いきるのに抵抗を覚えるほど、リアルな質量を持った塔が眼前にあった。

塔は既に、東京の真ん中に隠しようもなく建築されている。けれど僕にとってその建築は、どう見たって破壊にしか見えない。ミサイルや爆弾が投下されたのと何ら変わらない、取り返しのつかない破壊。破壊はまるで、どこかの競技場のようにとても美しい姿をしているものだから、今後たくさんの人々が「創造」と呼んだり「希望」と呼んだり「平等のシンボル」と呼んだりしていくのだろうと思う。**多様性を認め合いながら共生する**のは、とても素晴らしいことに違いない。けれどそのとき僕の目に映ったのは、見間違えようもないくらいの、どのような異論も認められないほどの、圧倒的な破壊だった。僕はその破壊を誰もが認める「破壊」とするだけの言葉を持っていないけれど、それは破壊だった。そして高額納税者でもなく、世界に何の影響力も持たない一市民が破壊に対してできることといえば、破壊後の新しい世界のルールを誰よりも早く覚えて、適応することとしかないのだと、僕にはわかる。そうでもしないととても生き残っていけない。今までもそうだったし、これからもそうだ。

巨大な塔の出現は、僕の中に元々あったはずの考えや感情までも一緒に、頭の外に引きずり出していくみたいだ。自分が空洞になっていくのを感じながら、唐突で暴力的な光の中で目眩を起こす。塔が意志を持ち、塔が強く僕を欲しているのが、この体に伝わってくる。塔の要請に応じなければならない。その中に自分を住まわせなければいけない。同情されるべきだ。そんな意味のわからない義務と断定の言葉が、水が毛穴に染み込んでいくみたいに全身に広がり続けて僕を食らいつくして、意味のわからなかった言葉がいつしか何よりも正しい言葉のように思える日がやって来るんだろうという、経験則から来るとても嫌な予感がする。それに抗う言葉もなく、抗う意味も感じないで、気付いたときには意識はすっぽりと塔の中に飲み込まれている。だから塔を建築する声がとっくに途切れていることにも、建築家の女の人が地面に倒れていることにも、僕は何も感じられなかった。彼女が自分自身を両腕で抱きかかえるようにして円柱の塔の基部に横たわっているのを見つけても、僕にはそれが誰だったかも思い出せないくらいだ。

お母さん？　でも彼女の嚙んだ唇から血が滲んでいるのを見て、人違いだと気付く。

牧名さん。

彼女の名前を呼びかけると、僕の顔には目に見えないほどの細かい粒子が降りかかってくる。それは砂だった。コンクリートが固まる前の砂だ。でもどうして砂？　と思う間もなく、塔を支える頑丈な柱はあっけなく崩れ落ちる。大量の砂の重みが一瞬にして建築家の女の人を圧し潰すのを、僕は黒い砂煙の中から見ている。けれど、あれは本当は何だったのだろう。塔の外にいた頃の記憶は夢と区別がつかないほど曖昧になって、曖昧なのは単に記憶力のせいだけではなくて、どちらが外部で内部なのか、どちらが過去で未来なのか、かつてどんな言葉を使っていたのかも、忘れようとしているみたいだ。

■

Takt：【以下の文をナチュラルな日本語に訳して
「Between Sympathy Tower Tokyo and Tokyo-to Dojo-to: Interior of the "Prison" Tower in Tokyo」
By Max Klein　Aug. 2030
　This is my third visit to Tokyo. The first time was during the 2020 Tokyo Olympics.........
AI-Built：【ナチュラルな日本語に訳すと以下のようになります。
「シンパシータワートーキョーとトーキョートドージョートーのあいだ：東京の『刑務所』タワーの内部」
マックス・クライン　二〇三〇年八月

東京を訪れるのは三度目だ。一度目はちょうど十年前、二〇二〇年の東京オリンピック開催時、感染症対策の隔離期間と合わせて六十日間滞在した。その間、素敵な日本人女性ナオミと恋に落ち、初の東京訪問は良い思い出として記憶に残っている。二度目は日本の男性限定芸能事務所の史上最悪のスキャンダルが出た時。取材自体は一週間ほどで終わったのだが、そこで素敵な日本人女性キョーコと恋に落ち、帰国を二週間遅らせた。取材の成果はそれぞれ、「命より大切なスポーツ：パンデミックのオリンピック」、「美少年の笑顔は誰のもの?：性欲と沈黙が生んだ音楽」のタイトルで公開され、記事は現在無料で読むことができる。ナオミとキョーコは元気にしているだろうか? たった数週間の関係ではあったが、彼女たちの黄金に輝くシルクのような肌を私は心から愛していた。これは切実な悩みなのだが、私は日本人女性と愛を交わし合ってからというもの、彼女たちを妄想することでしかマスターベーションができない体になってしまった。真っ裸の日本人女性が私の頭を両腕で押さえつけている場面の妄想だ。日本人女性が頭上から母音の強い日本語訛りの英語で「ソウグッド!」、「ファスタア!」、「アイムカミング!」と叫ぶ声だけが、私をたまらなく興奮させこの地上の天国へと導いてくれる。日本人女性とメイクラヴするためにこの世に生まれてきたんじゃないかという思いを私は日に日に強くし、三度目の東京訪問によってそれはさらに確信へと近付いた。

　私のことをよくご存じでない方のために先に忠告しておこう。上の二つの記事は日本人差別を助長する表現が散見されるとの評価を得、以来「マックス・クラインはレイシスト」と世間から見なされている。どうやら「ウチとソトを使い分けながら和を重んじる国民性が日本人の脳みそをフリーズさせている」などと煽ったのが良くなかったようだ。今では仕事が激減し、毎日数十件の呪詛のメールが私の元に届けられる。レイシストでないことを証明するのは非常に難しいが、私が他人を傷付けることなく真実を伝えるという執筆上の高等スキルを持ち合わせない三流ジャーナリストであるのは否定できない。もし品性のある読者が、何かの間違いでこの低俗なゴシップサイトに辿り着き、心ならずも続きを読まなければならない必要に迫られている場合は、記事を丸ごとコピー＆ペーストし、「腐れレイシストのクソ文を高級な文章に直して」と文章構築ＡＩにお願いした方がいい。代替可能な売文屋から仕事を奪おうとするクソＡＩの正しい使い方だ。今回のテーマは日本の画期的な刑務所に関するもので、いつにも増して偏見に満ち満ちた文章になるであろうことは容易に予想される。今すぐ右クリックでセレクトオールの指示を出すのが賢明だろう。いつの頃からか、この世界のルールブックには「他人を不快にした人間は死ぬ」の一文がデスノートの一ページ目のように追加された。しかし親切心と品性が足りないと批判してくるクソ読者のクソ不寛容こそが私を不快にしているのは間違いない。

ヴィクトル・ユーゴーの『レ・ミゼラブル』は読んでいないが（ユーチューブとオーディオブックの時代に二千ページ超の小説を読む暇のある人間がどこに存在するというのか？）、トム・フーパーの映画なら二回観た。死にかけメイクのヒュー・ジャックマンと坊主頭のアン・ハサウェイの演技には頭痛がするほど泣かされた。貧しさゆえに飢えた甥や姪たちのため、一片のパンを盗んだことから十九年間もの長きに渡り牢獄で苦役に服したジャン・バルジャン。彼に同情しない者などいないだろう。たとえジャン・バルジャンに銀の食器を盗まれたとしても、銀の燭台を差し出すことで彼が善人になるとわかっているなら我々は喜んでそうする。人間と動物の違いは言葉を喋るかどうかではない、弱い立場にある隣人に同情できるかどうかなのだ。

東京の新しいランドマーク、「シンパシータワートーキョー」は、憐れむべき現代のジャン・バルジャン達を、上っ面の言葉のみならず、より具体的かつ積極的な形で同情し、支援するために建てられた。私もこの目で見るまでは信じられなかったが、それはアンビルトに終わらず、本当に建てられたのだ（タワーの建設経緯や、タワー内の豪華な設備、タワーへの入居条件等については本記事では割愛する。興味のある読者は、信頼に足る大手メディアがリリースする記事に詳しいので各自ご参照いただきたい。おすすめはリサ・マッケンジーによる「世界一幸せな日本の刑務所：ホモ・ミゼラビリスのユートピア」。マッケンジーは日本人の寛容性を賞賛し、ノルウェーのハルデン刑務所のケースと比較しながら、受刑者の福祉向上と犯罪率の低下の関連性を指摘し、「米国の刑務所も見習うべきだ」と記事を締めくくっている。もうひとつのおすすめはガブリエル・スタールバーグによる「シンパシータワートーキョーが描くディストピア：日本の平等主義者が夢見る無限の未来」。スタールバーグは東京の最新鋭の刑務所について、「行き過ぎた多様性受容、平等思想のなれの果て」と悲観的な見解を示している。思想の違いこそあれ、どちらの記事も簡潔に要点がまとまった理知的な文章だ)。

迷宮のように入り組んだ新宿駅には手を焼くかもしれないが、シンパシータワートーキョーまでの道のりに迷う心配は皆無だ。一度駅の外に出てしまえば、地上七十一階建ての巨大な円柱のタワーがビッグ・ブラザーのごとくあなたを見ている。モノリスに吸い寄せられる猿のようにタワーを目指して五分ほど歩くと、都心のオアシスとして愛される緑豊かな国民公園に辿り着く。入口でトールサイズのラテほどの入園料を支払い、美しい庭園を眺めているうちに、ダイナミックに波打つ流線形の大階段が姿を現す。

エントランスに接続するこの階段は、庭園の芝生と一体化した緑地になっており、家族連れやカップルの憩いの場となっている。階段の最上段、タワーの入口近くのベンチで幼い子供とサンドイッチを食べていた、二十代前半と思しき日本人女性に、私は声をかけてみることにした。

「ここが刑務所《prison》であることは知っていますか？」

同行した通訳者が日本語に訳すと、

「プリズンじゃないですよ」と若い母親は訂正した。「刑務所を探しているんですか？　刑務所に行きたいなら府中、拘置所なら小菅っていうところなんだけど……。ここは刑務所じゃなくて、ドージョートーなんです」

そのとき、彼女の息子が我々に割り込み、

「トーキョートドージョートーです！」と元気よく強調した。

トーキョートドージョートー？

通訳者に意味を尋ねると、「シンパシータワートーキョー」をほぼ直訳した日本語であるという。日本人のあいだで広く流通しているタワーの愛称である（以下、本記事ではタワーを「ドージョートー」に統一する。新しく覚えた言葉を使うのは楽しいし、間延びした音のリズムが気に入った）。

「でも、犯罪者がこの中に入っているんですよね？」私は親子に食い下がって言った。「ジャパニーズ・マフィアとか、連続殺人犯とか、あのドアの向こうにうじゃうじゃいるわけでしょう？　幼いお子さんもいるのに、怖くないのかな？　今、あの自動ドアから、刑期を終えましたっていう元薬物中毒者が出てきたりしたら、どうするんですか？」

「何が怖いんですか？　塔内だろうが塔外だろうが、みんな同じ世界に生きる、同じ人間ですよ」

　見た目だけでなく心まで美しい彼女は、慈悲深い笑顔を浮かべて小さな息子の体を抱き寄せた。私はいかにも自分が不寛容で正しくないレイシストであるように思えて、居心地が悪くなった。

　とはいえ、私がその若い母親にした質問は少々的外れなものであった。なぜなら、ドージョートーの完成から半年が経過しようという時点で、ホモ・ミゼラビリスが出所したことは一度もないからだ。刑期を終え晴れて出所日を迎えても、彼らには拘留期間を無制限に延期する権利が与えられている。そしてドージョートーの出口を通過し自由になることを、今に至るまで誰一人望んでいないのだ。

　なぜだろう？という当然の疑問は、内部に入ればただちに解決する。誰が正しく誰が正しくないかという議論はここでは無意味である。三六〇度どこからでも入場可能な自動扉が開くと、円柱の壁に張り巡らされた窓から自然光がたっぷりと流れ込む。内部と外部の隔たりを極力感じさせない開放感のある空間設計は、伝説の建築家、サラ・マキナの意図した通りである。中に足を踏み入れた者に、我々のいた世界の方こそが牢獄だと自覚させることに、建築家は見事に成功している。

関係者は公式に否定しているが、「ドージョートーはベーシック・インカムの実験場として機能している」と指摘する知識人が少なくない。実のところ、私もその見解を支持する一人だった。しかし実際に塔の内部に身を置いてみると、毎月決まった額を支給するだけの無責任な制度とは、まったく次元の異なる世界だという感想を持たざるを得なかった。真新しく洗練された空間は、それだけで金銭的インセンティヴ以上の、精神的充足というべきものを私に与えていたからだ。その体験を自己肯定感とか幸福感とかいう便利な言葉でまとめるのは簡単だが、まるで平等と思いやりのシャワーを全身に浴びて、魂の毛穴までさっぱり洗われたような気分だった。薄汚い金の話なんかここでは一秒もしたくない。汚い言葉を吐くのは金輪際やめよう。文字数稼ぎのためになけなしの教養を披露させてもらえば、ユキオ・ミシマの『金閣寺』に、「認識の目から見れば、世界は永久に不変であり、そうして永久に変貌するんだ」という一節がある。それに対して、主人公だか、主人公でない方のサブキャラクターだかが、「世界を変貌させるのは行為なんだ。それだけしかない」と返答するのだが、認識と行為の両側からの挟み撃ちで世界を変貌させまくっているのが、このトーキョートドージョートーなのである。吃音コンプレックスの青年にも放火を断念させるほどの圧倒的な美に、私はしばし打ちのめされて絶句した。

受付で名前を名乗ると間もなく、放心状態の私に追い打ちをかける「歩く美」が近付いてくる。最盛期のBTSのメンバーと見紛う美青年（写真1）の登場である。彼の名はタクト。二十六歳。犯罪歴はなく、ドージョートーに住み込みで勤務する「サポーター（旧・刑務官）」だ。元々高級ブランドの販売員をしていたというタクトは、サラ・マキナの建築に魅了され転職を決めた。二〇二六年にサラ・マキナ・アーキテクツがコンペ用に発表したドージョートーの完成予想図をひと目見て、「この塔の中に自分を住まわせなければいけない」と運命的なものを感じたのだそうだ。無事に正規職員として採用されてからは、ホモ・ミゼラビリスへの生活支援に加え、広報係として各メディアの取材対応を任されている。「ドージョートーの住み心地は？」と尋ねると、ブランド物の光沢のあるスーツ（写真2）を着たタクトは、発光するような眩しい笑顔（写真3）で、「言葉にならないほど幸せです」と答えてくれた（「言葉にならないほど」くらい便利な言葉もそうそうない）。

ちなみに、塔内には決まった制服や囚人服の類はないのだそうだ。入居者たちは、各自に支給される支援金を使って、インターネットで自由に好みに合う服を調達することができる。

では、どうやってサポーターとホモ・ミゼラビリスとを見分けるのだろう？　私が質問すると、タクトはじっくりと考えてから、

「特に見分けなくてはいけない場面はないですね」と答えた。

「ホモ・ミゼラビリスがサポーターを装って、脱獄する危険性があるのでは？」

「ないです、ないです」

　その、豊かで恵まれた、ほとんど何でも持っている、前途洋々の、顔が綺麗な若者は、気の利いたジョークでも聞いたように笑いながら首を振った。

　現在、ホモ・ミゼラビリスへの面会が許可されているのは弁護士と親族のみ。したがって、彼らに直接インタビューすることはかなわなかったが、塔内の人気施設であるスカイライブラリーをガラス越しに見学することができた。エレヴェーターで天の高みまで体が垂直に上昇していく愉快な浮遊感を味わいつつ、最上階に到着する。七十階・七十一階の二フロアにまたがるライブラリーからは、東京の壮観な景色が一望できる。数日前には花火大会の特等席になっていたそうだ。ライブラリーの利用者たちはユニクロやH&MやZARAの服を着て、当然手錠につながれることもなく、本棚で本を選び、デスクで勉強をし、DVD鑑賞をするなど、思い思いに自由時間を満喫していた。市民図書館と何ら変わりない光景だ。そして、あまりにも違和感がないせいでうっかりしていたのだが、男性と女性が同じスペースに

いるのに私はふと気が付いた。従来の収容施設であれば男子刑務所・女子刑務所と分かれているのが常識だが、ドージョートーの根本にある平等思想に鑑みれば、男性と女性でスペースを別にするのはたしかに矛盾する。

ソファでコーヒーを飲みながら、優雅に雑誌をめくるひとりの美しい女性に目が留まった。惨めな恋に落ちることがないよう、「あそこで雑誌を読んでいる女性の罪名は何だろう？」とタクトに尋ねてみた。ホモ・ミゼラビリスの情報がシステム管理されているのだろう、タクトはタブレットを取り出し、カメラを彼女に向かってかざした。「詐欺罪ですね」とタクトが答えた。

元詐欺師の女性は、時折雑誌から目を離し、勝ち誇ったような表情（筆者のバイアスによる）で新宿御苑に集う塔外の人々を見下ろしていた。彼女を眺めていると、ホモ・ミゼラビリスの生活は、新宿のタワーマンションで昼間からくつろぐセレブの生活と、一体何が違うのだろう？と疑問が浮かんだ。ひとつの大きな違いはもちろん、ホモ・ミゼラビリスはセレブとは違い、外出ができないという点だろう。ゆるゆるの警備とはいえ、身体的な拘束を受けて管理されている事実だけは従来の刑務所と変わらないのだ。そしてもうひとつは、セレブは自分で高額な家賃を支払わなくてはいけないが、ホモ・ミゼラビリスの家賃は塔外で労働する人々が税金で支払ってくれる、という点だ。……この事実に思い至ったとき、私はパニック状態になり両手の拳を振り上げてガラスを叩き叫んでいた。

「FUUUUUUUUUUCK!!! 私をクソドージョートーに住まわせろ!!!」

我々を隔てるクリアガラスの振動にびっくりした様子で、元詐欺師はこちらを振り返った。しかし音は遮断されているらしく、声は届いていないようだった。彼女は首を傾げ、憐みの目を私に向けただけだった。

「おい、タクト! こんな世界はクソだ!」強烈な嫉妬心からくる怒りによって、私は美青年に向かって汚い言葉を吐くのを抑えられなかった。「タクト、君はここで働きながら、あの詐欺師のクソ女どもに腹を立てたりしないのか? 日本人は一体どこまで寛容な人種なんだ? とても信じられない。こんなクソタワーを到底受け入れるわけにはいかないよ! クソタワーが! 倒れちまえ!」

タクトは曖昧に微笑みながら、肯定とも否定とも取れる頷きをした。私を馬鹿にしているのではない。曖昧な微笑みは日本人のあいだで共有されている、他人を思いやるマナーのひとつなのだ。

「マックスさんは、同情塔に住みたいのか、それとも受け入れられないのか、どちらなんですか?」

タクトの冷静な質問に決まりが悪くなりつつも、

「住めるものならそりゃあ住みたいさ。しかし犯罪者になってまで入りたいかと問われればNOだ」と私は毅然として答えた。「いくら悪名高いマックス・クラインとはいえ、そこまで落ちぶれちゃいない」

「法律に違反していなくても、日本国籍を取得して、かつ同情に値すると認められれば、マックスさんにも塔に住む権利はあります。罪を犯さざるを得ないほど不憫な生い立ちなら、誰にでも。同情テストを受けてみますか？」

同情テストのことならもちろん知っていた。

Q　親から暴力を受けたことがありますか？　――はい。いいえ。わからない。

Q　経済的に困窮した経験はありますか？　――はい。いいえ。わからない。

Q　他人よりも極端に容姿が劣っていると感じますか？　――はい。いいえ。わからない。

Q　自分以外の人間になりたいと思うことはありますか？　――はい。いいえ。わからない。……等の陰鬱なアンケートに答え、真に同情されるべき人間かどうかをクソＡＩが診断してくれるのだ。しかし私は同情テストを受けることを頑として拒んだ。自分の同情スコアを突き付けられるのがひどく怖かったのだ。

私が正直に告白すると、「そういえば僕も昔はそうでした」とタクトは理解を示した。「誰にも同情されたくありませんでした。でもここに住んでいると、あまり人からどう見られるのかは気にならなくなるんですよ。ここではみんなが平等ですから」

「平等か。私は生まれてこのかた、一度もそいつにお目にかかったことがないんだよ。そいつがどんな姿をしているかも知らないから、近くを通りがかっても気付かないだけかもしれないが……」

「それはマックスさんが『比較』をするからだと思いますよ。あらゆる不幸は他者との比較から始まると、マサキ・セトが言っていました」タクトは業務連絡のように素っ気なく言った。メディア取材を受ける際の決め台詞なのだろう。マサキ・セトの悲惨な最期を思うと、何ともやるせない気持ちにさせられる。

「ここでは『比較』に関する言葉を発することじたいが禁止なんです」とタクトは言った。

「というのは？」

「たとえば、『……より……の方が……だ』という言い回しをしてはいけないんです」

「は？」

「ホモ・ミゼラビリスは幸せにならなければいけません。塔内のルールとして、他者との比較はタブーです。たとえばＳＮＳなどは比較の最たるものですから、閲覧は禁じられています」

「あぁ、もちろん知っているよ。リサ・マッケンジーの記事に書いてあった。ユートピアと情報遮断は切っても切り離せない関係にあるんだ。ディストピアがそうであるように」

本当なら、日本人の真似をして適当な愛想笑いでその場を適当にやり過ごしてもよかったのかもしれない。しかし、突如沸き起こった激しい自己憐憫と、言葉狩りへの猛烈な抵抗感が、とうの昔に錆びついたはずのジャーナリスト魂に火を付けたようだった。私は本気になっていた。「刑務所」タワーの闇、ひいては日本人の闇を私が暴いてやる。目指せピューリッツァー賞。

「タクト、君に答える権限があるかどうか知らないが、世界中の人が知りたがっていることを私が代表して訊かせてもらうよ。ここは、かわいそうな人にドージョーをギブするためだけのタワーじゃない。何か不都合な真実が別にあるはずだ。世間で噂されていることを、君も少しは目にしているだろう。中には、税金を使ってでも社会のお荷物を合法的に閉じ込めて、『劣等』な遺伝子を長期的安楽死に追いやるための施設だという、SFめいた陰謀論もある。しかし、SFだろうが陰謀論だろうが、私としてはこちらの理屈の方がずっと納得がいくんだ。なぜなら人間は元来、不寛容な生き物だからだよ。不寛容どころか、関わりのない他人には自分よりも損をしていてほしいとすら願っている。皆が他人に寛容で、本当に心の底から平等を望んでいるのなら、分断も戦争も起こり得ない。でも現実はそうじゃない。いくらかわいそうな他人に親切にしましょうと美辞麗句を並べたところで、現実の前で言葉はクソの役にも立たない。それは歴史が証明していることだ。二〇三〇年になっても私のようなクソレイシストがいなくならない理由だ。タクト、君だって自分の家の庭に知らない人間が勝手に侵入していたら、当然追い出すだろう？　どうしても腹が立って許せない人間が、ひとりくらいいるはずだ」

「許せない人間？」彼は整った歯並びを見せつけるように笑った。「いませんよ。そんなに腹も立ちません。僕はちゃんと眠りさえすれば、大抵のことは良くなってしまうんです」

今一度強調しておくが、タクトはとても感じの良い青年だ。しかし彼の屈託のない笑顔が引き金となり、この十年のあいだに静かにしかし確実に蓄積していた日本人への不信感が爆発した。隠すつもりはない。みっともない自分をさらけだすことが己の弱さを受け入れることだと信じ、ICレコーダーに記録されているままを、一言一句漏らさず書き起こしておく。

「気に障ったら謝る（と私は一応断りを入れた）。二〇二〇年のオリンピックと、男性限定芸能事務所のスキャンダル以来、私は日本人をどうしても偏見抜きに見ることができなくなっているんだ。これまで一〇〇人以上の日本人と通訳を介して会話をし、日本について記事を書きながらずいぶんと考えてきたが、私はいまだに日本人をどう言語化していいかわからない。もはや君たちを言語化するなんて、どんな人間にも不可能なんじゃないかとさえ思っている。なぜなら君たち日本人とは、いくら言葉を尽くしても言葉の先に行くことができないからだ。言葉はいつまでもただの言葉にしかならない。言葉はどの国にも流通していない紙幣になってしまう。いくらふんだんに持っていても何とも交換することができない金だ。口にされる言葉以上のことを、君たちが沈黙と中立的な微笑みの向こう側で考えているのはわかる。そのことが私をどうしようもなく苛立たせる。

　こういう話をすると必ず主語のサイズに批判が殺到するわけだが、私はある時期から日本語を喋る日本人がみんな、一塊の同じ生き物に見えるようになった。同じチューリップが並んでいるだけでそこに個性なんかない。ゆるキャラの着ぐるみみたいに沈黙と中立的な微笑みを着込んで、本音と建て前、ウチとソトを使い分ける、器用で嘘吐きで綺麗な黄色いチューリップだ。綺麗な嘘をつくのに慣れすぎて嘘をついている自覚さえもない。いや、君たちは厳密には嘘をついてすらいないんだ。私はこう思う、君たちの使う言葉そのものが、最初から最後まで嘘をつくために積み上げてきた言葉なんじゃないのか？　何が、『僕はちゃんと眠りさえすれば、大抵のことは良くなってしまう』だ？　馬鹿にしているのか？　すまない、言い過ぎているのはわかっている、一度口を開くと止められない病気なんだよ。同情なんてしないでくれ。無力な存在だと他人から決めつけられるのには耐えられない。

　タクト、日本語を知らない私に、君たちの言葉の秘密を教えてくれないか？　ホモだかミゼラだかビリスだか知らないが、日本語とは縁もゆかりもない言語から新しい言葉を次々と生み出して、みずからの言葉を混乱させる理由は何なんだ？　この建物は公式的、対外的には『シンパシータワートーキョー』となっているようだが、日本人のあいだで別の名前で呼ぶのはなぜなんだ？　シンパシータワートーキョーと、トーキョートドージョートーのあいだに、何があるというんだ？　言葉を無限に生成することで、何を覆い隠そうとしているんだ？　もし仮に、日本人が日本語を捨てたら、何が残るんだ？」

「何でしょうね」

タクトは首を傾げた。彼は「ちょっと調べてみます」と言いながら、真剣な顔つきでタブレットの画面上で必死に指を動かしていた。タクトの本業が俳優でなければの話だが、彼は本当に私の問いに答えようと頭をフル回転させてくれているみたいだった。それとなく画面を覗くと、文章構築AIと会話をするおなじみの文字が見える。質問。回答。質問。回答。

五分ほど経ってから、

「すみません、僕にもAIにも、あなたの質問にうまく答えられそうにありません」とタクトは申し訳なさそうに言った。「でも、僕の知り合いの、日本人の女性で、マックスさんと似たようなことを言っている人がいたのを、今思い出しました。塔が建つ、ずっと前の話です。たしか、日本人が日本語を捨てたら、日本人じゃなくなるって……」

「へぇ、ぜひその人と話してみたいものだな。気が合うかもしれない。彼女の名前は？」

「サラ・マキナ」■】

■

僕を目覚めさせたのは窓を叩き割るような豪雨の音で、水圧の強いシャワーが肌に突き刺さる痛々しい感触がたしかにしたけれど、もちろん僕は最新の建築技術を備えた、信頼できる建築家の設計による建物の室内にいるわけだから、体は一滴も濡れていないのも知っているけれど、早くどこか安全な場所に避難しないといけないと自分を追い立て、追い立てられて飛び起きた。

非番の日の早朝、夢の途中で起こされても嫌な感じはしなくて、ただ胸がしめつけられるほど懐かしい気持ちになったのは、足立区の五万五千円の、壁の薄い１Ｋで寝起きしていた頃の感覚が不意によみがえったからだ。本当にそんなところに住んでいたんだろうか？　というか地震が来るたびに死を考えてしまうような家に人が住むことが現実に可能だったんだろうかと、まるで前世の記憶みたいに曖昧な感覚を楽しんでいると、急に昨日残した仕事を思い出して現実に引き戻される。といっても、仕事の半分はAI-builtに頼んでしまって、そのあいだに本当にシャワーを浴び、毛穴が開くのを最小限に抑えるスキンケアをして、コーヒーを淹れたらもう、足立区の五万五千円的な感触は跡形もなく体から消えている。ただ記号としての地名と数字だけが頭に残っている。

Takt：【マックス・クライン様、送っていただいたドラフトの前半部分（「彼女の名前は?」「サラ・マキナ」まで）を確認しました。ありがとうございます。とても良い、興味深い記事。これは僕の本音。あなたも書いているようにあなたの原稿は読み方によってはクソ文と言えるのかもしれないけれど、それでもAIには書けない類の間違いなく人間が書いた文章でそういうふうに僕も僕だけのしるしがついた文章をいつか書けたらいいのにと思う。お世辞を言いたいのではなく、日本人のマナーとして言っているのでもなく本当に。東上《トージョー》拓人的にはOK。しかし残念ながらシンパシータワートーキョーの上層部の許可を得られなかった。タワーに関して誤解を招く表現が見られるとの意見があり、ホモ・ミゼラビリスに対してFワードを発するとかはNGで、あなたの心の声として書かれていても、入居者を侮辱する表現は受け入れられないとのこと。ユーモアセンスの違いのせいもあるのでしょう、ご理解ください。上層部はタワーの対外的なイメージをとても気にしている。現行の記事のままでの公開は厳しい。あなたが記事を寄稿するニュースサイトの方針とずれるかもしれないがあらためて注意点をまとめたものと修正案を送るので再度書き直した原稿を東上拓人宛てに送信してほしい。それから、僕の写真を三枚も載せる？　読者は僕の写真に興味はないと思うので、塔の内部の写真をできるだけ多く載せてください。その際、ホモ・ミゼラビリスの顔をぼかすのを忘れずに。また後半は牧名沙羅へのインタビューを中心に記事を書かれると思うが、彼女と僕が知り合いであることはオープンにしないように。東上拓人
以上をビジネスメール用に整えて、英訳して】

たとえばこんな台風の日に、朝からシャワーでさっぱりして、コーヒーを飲みながら、来園者のいない悪天候の庭園を眺める時間を、文章や写真にして、個人的にTwitterに投稿してみたらどうなるだろう？　メディア用に用意する計算された構図の写真とは違う、住み込みの一職員が見た、何気ないある朝の塔の一風景。世間の人はまだ同情塔のことを話題にしている。もう半年経ったら比率は大きく変わるのかもしれないけれど、今のところポジティヴな反応とネガティヴな反応が、同じくらいの頻度で日々更新されている。Twitterは積極的に感想を言いたい人たちが大勢利用しているサービスで、一職員が何かを発言すれば何かしら反響があるとは思う。「犯罪者」が「刑務所」に住んでいても特に何も言わず無言でいた人たちが、「ホモ・ミゼラビリス」が「シンパシータワートーキョー」に住むようになった途端に何かを言いたくて、その状況を言葉に変換したくて仕方なくなるというのは、やっぱり僕にはおもしろい。昔から、笑いのツボが他人とズレているみたいだと自覚してはいたけれど、僕が「おもしろい」と感じるメカニズム的なものが、なんとなくはっきりしてきた。

他の生物にはない、人間だけの特性が前面に表れる場面に、僕はどうしても笑いが堪えられない。同じものを見ているのに、全然違うことを考えていたりだとか、対極の言葉をぶつけ合って戦わせてみたりだとか。Twitterでは建築家の女の人も、「東京に美と平和をもたらした女神」になったり、「社会を混乱させた魔女」になったりする。

前世の記憶のようなこのぼんやりとした記憶がもし本物なら、Twitterは本来独り言をつぶやくために生まれたサービスだった。愛称ではなく、正式名称が本当に「Twitter」だった頃だ。けれど今では、独り言とは真逆の、正しくて、意味があって、衆目を集める主張を、大きな声で叫ぶ人ばかりいて、つまりこれが本当に時間が流れているってことなのかと、年寄りみたいな感想が自然と出てくるくらいには僕も成熟したみたいだ。アルバイトから正規職員になって、**あらゆる不幸は他者との比較から始まる**とかなんとか、教養ある社会人みたいに学者の言葉を引用したりすることがイコール大人になるということなら、僕は大人だ。昔、「君も忘れる……大丈夫」と言っていた人の声が実感を持って迫ってくる。台風の情報を得るために「Twitterを開こうとしたけれど、でもどんな言葉も、地中深くから発掘された数万年前の遺跡に彫られた文字を読んでいる気持ちになるのが見えて、うんざりしてやめる。最近は少しだけ、僕にも未来が見える。一分先の未来なら、全然見える。

豊かで恵まれた、ほとんど何でも持っている、前途洋々の、顔が綺麗な若者。

画面の中の、自称三流ジャーナリストが僕に与えた形容に立ち止まり、コーヒーで醒ました頭の中で反芻してみる。ファックとファッキンが歯石みたいに口内に常在している、大柄な白人男性のフォルムが目に浮かぶ。感情と連動して動き回る、顔についたやわらかい脂肪のテクスチャーと、瞳の青さが焼き付いている。そんな彼の体と目を通した僕がこんな形で文章になっていると、知らないところで自分が増殖しているみたいで何だか落ち着かない。

そうだ、と僕は思い立って、自称レイシストが書いた言葉をドラッグしてコピーする。そして、別のウィンドウに表示させていた「伝記」とタイトルがついた文章にペーストする。《僕はちゃんと眠りさえすれば、大抵のことは良くなってしまう。…………社割で買った服を全身にまとって、姿勢を正していればなおさらだ。**豊かで恵まれた、ほとんど何でも持っている、前途洋々の、顔が綺麗な若者**》の直後、《と、勝手に認識してくれるらしい。》とタイプし、ついでにペーストした文の直前に《たとえば》も付け足す。

東上拓人の言葉の中に、翻訳されたマックス・クラインの言葉が脈絡もなく埋め込まれたわけだけれど、別に不自然な継ぎ接ぎには見えないから、そのまま保存する。目を老けさせる画面の中で、僕がまた増える。でも人に出会う度に自分がその人の中で増えていくというのは、ただの気のせいじゃなくて実際にそうに違いないのだし、僕が「伝記」を書くことも、つまりは建築家の女の人を不用意に増やす行為に違いない。良いことなのか悪いことなのかはわからない。それでも閉門後の新宿御苑を彼女と歩いたこともない他人が、「女神の伝記」や「魔女の伝記」を書いて牧名沙羅を増殖させる前に、僕がまず「建築家の女の人の伝記」を書いておきたい。そんなふとした思いつきから書き始めた文章は、考えていたよりずっと厄介で、ああでもないこうでもないと建築家の女の人に似合う言葉を探していると、まるで昔ながらの冷たく厳しい牢獄にぶち込まれた囚人にでもなった気分だ。

君たちの使う言葉そのものが、最初から最後まで嘘をつくために積み上げてきた言葉なんじゃないのか?

僕は嘘をついているのかな? 何を考えるにしても脳はいちいち言葉を必要とする。言葉のことを言葉で考えたりするのは何もかも間違っていて、まともな人間のやることじゃない。もし頭の中を行き来する言葉を止められたら、それこそ本当に平穏な時間がやって来るのに、一秒も止めることができないから、僕はせめて視界を変えようと部屋を出る。塔の暮らしを外から羨む人たちは大抵家賃の話をしたがるけれど、ここに居住する最大のメリットは、ボタンひとつでいつでも陸上世界とさよならして、地上に滞留した言葉をリセットできることなんだと、現実の入居者のひとりとしては主張したい。

「どうして最上階をライブラリーにするの?」と建築家の女の人に尋ねたことがある。彼女が設計図を提出して、コンペの結果を待っているときだ。

「天上に近付くホモ・ミゼラビリスの皆さんが、地上の言葉を忘れないように」と彼女は僕に説明していた。けれど、実際のコンペのプレゼンの動画では、全然違うこと——自然光を効率的に活用した最上階のライブラリーでは、都市の騒音や混雑から離れ、リラックスした環境で読書や勉強を楽しむことができます——を話していた。「仕方ないでしょ。言葉をでっち上げるのもコンペに勝つための重要な要素なんだから」と、彼女は自信たっぷりに言い訳した。このことを「伝記」に書くべきかどうか、僕は何日も悩んで答えはまだ出ない。

エレヴェーターが七十階で停止する。塔に引っ越した当初から頻繁にやっている職権濫用で、まだ開館時間前のライブラリーを開錠して中に入る。著名な建築家が書いた本を書棚から数冊選んで、千駄ヶ谷門側の窓際の席に座る。そんなはずあるわけないのに、地上よりも雨雲に近い場所に自分がいるように感じる。雨が平等に——「平等」の手本にしたいほど平等に——ぐっしょりと濡らしていく東京に目を凝らしていると、レゴブロックでできた誰も住めないミニチュアの街を見ているみたいで、僕の手の一振りで簡単に壊れてしまいそうだ。レゴブロックの手前にPCをセットして、書きかけの文章の続きに取り掛かる。《曖昧なのは単に記憶力のせいだけではなくて、どちらが外部で内部なのか、どちらが過去で未来なのか、かつてどんな言葉を使っていたのかも、忘れようとしているみたいだ。》

《なぜ忘れようとしているかというと、それはやっぱり幸福学者の影響が大きくて》と続きをタイプしてからすぐに消し、眼下の豆粒ほどの国立競技場の屋根を手におさめながら数分考え、書き直す。
《なぜ忘れようとしているかというと、簡単に影響されるのは恥ずかしいとは思うけれど、それでもやっぱり幸福学者の話したことは、僕の使う言葉にどうしても作用してしまうらしい。

四月、塔が正式にオープンした初日に、エントランスホールにホモ・ミゼラビリスと職員を一堂に集めて、幸福学者が祝辞を述べた。かつて彼が在籍していた大学のホームページにあった一枚の写真を除いて、メディアに顔出しをしていない彼の姿を目にするのは、僕も含めて全員が初めてだったと思う。年齢でいえばもう五十を越えているはずの幸福学者は、毎年やってくる誕生日を本人が認識していないかのような、不思議な歳の取り方をしていた。見た目は時間相応に老いているのに、体を覆う皮膚から滲む空気がまだ十代みたいに新しい。とにかく本当にマサキ・セトは実在したんだという単純な驚きをもって、僕たちは時空が歪んだ男のやわらかな声に聞き入った。

ようこそシンパシータワートーキョーへ。ご移送、ご入居、誠におめでとうございます。今日が皆様の新しい誕生日です。皆様がこの世に生まれてきたことを、心から祝福いたしま

す。おめでとうございます。…………タワーへのご入居の際に、皆様がサインした同意書の内容を、覚えていますでしょうか？　同意書に書かれていたことの繰り返しにはなりますが、今日という日を迎えるにあたり、何よりも重要なタワーのルールを、あらためて私の方から確認させてください。

ひとつ。言葉は、他者と自分を幸福にするためにのみ、使用しなければなりません。

ひとつ。他者も自分も幸福にしない言葉は、すべて忘れなければなりません。

…………皆様がこれまでタワーの外で覚えさせられてきた言葉はすべて、波がさらっていく砂のように何の意味もない言葉でした。もちろん、言葉が比類なき素晴らしいコミュニケーションツールだった時代も、たしかにありました。…………かつて私たちは、言葉を十全に使いこなし、言葉を平和や相互理解のために、大いに役立ててきたのです。しかし今となっては、言葉は私たちの世界をばらばらにする一方です。勝手な感性で言葉を濫用し、捏造し、拡大し、排除した、その当然の帰結として、互いの言っていることがわからなくなりました。喋った先から言葉はすべて、他人には理解不能な独り言になりました。このような言葉の混乱に、きっと皆様も大いに翻弄され、傷付けられ、苦しめられてきたことでしょう。

…………しかし皆様はもはや、犯罪者でも受刑者でもなく、同情されるべき人々でも、ホモ・ミゼラビリスでさえありません。「ホモ・ミゼラビリス」は、世の中の人々に手っ取り早く皆様の存在を認知してもらうため、私が便宜的にこしらえただけのキャッチフレーズに過ぎません。今日から皆様は、皆様自身を幸福な言葉で再定義することができます。外のルールや法に縛られることなく、東京でもっとも美しいこの場所で、幸福な言葉だけを話し、幸福な人生をお送りください。地上のどこにも、このタワー以上に幸福な場所は存在しません。幸福な場所を未来永劫守るために、不幸を招く言葉、ネガティヴな言葉はすべて、お忘れください。…………

そのときの幸福学者の言葉が、強く胸に響いたとか感動したというのでは全然ない、と思う。ただ、結局あの日の祝辞が彼の最期の言葉になって、「彼の最期の言葉は何だったんですか」と人から何度も訊かれるせいで、後になって重大な言葉だったように感じられるだけの話なんだと思う。たとえば僕が彼を夕食に誘っていたらもっと寿命が延びたんじゃないかとか、そんなありえない妄想に走ったりして、ついつい思い返してしまうという、ただそれだけのことなんだと思う。少なくとも僕は、そう思いたいと思っている。

幸福学者の最期の言葉を思い出しているといつも、彼が最期に見た光景を想像する。幸福学者を殺したとされる男は、「精神異常者のふりをしたタワー建設プロジェクトに反対する過激派」と世間からはおおむね見なされているみたいだ。けれど、地上の人々がその男に与えようとするすべての言葉を、僕はひとまず忘れる。代わりに、僕の記憶になんとなく残っている千駄ヶ谷の住宅街の風景と、事件の報道の断片と、幸福学者を殺したとされる男の証言を、ただつなぎ合わせて映像にしていく。——幸福学者は祝辞を述べ、ホモ・ミゼラビリスから盛大な拍手を受ける。ひとつの大きな夢を実現させた幸せな幸福学者は、この上ない幸せを全身に感じながら、塔の外に出る。街は穏やかな春の空気に満たされ、千駄ヶ谷の自宅までの道のりが、目の眩むような夕焼けに染まっている。彼に生涯忘れられない福音をもたらした競技場の脇を通り抜け、細い路地に入り、歩き慣れた住宅地をしばらく歩き、家に着く。すると、知らない男が庭に立っているのを見つける。その庭の中に見たことのないほど美しい葉をつけた木が立っていて、思わず侵入してしまったのです。これは幸福学者を殺したとされる男が語った言葉。

　庭の持ち主が現れたので、私は言いました。「すみません。こんなにも美しい木を見たことがなかったものですから。日が沈むまで、木の葉が風に揺れるのを、ここで見させていただけないでしょうか」。すると庭の持ち主は大声で叫びました——「今すぐ私の庭から出て行きなさい。木なんて立っていない。君は木を見ていない。君が見るべき木はこの庭には立っていない」と。しかし私には、庭の持ち主が何を言っているのか、何ひとつ理解できませんでした。なぜなら木はたしかに立っていたし、私は木を見ていたからです。私はその木についた美しい葉を、この目で見るべきだったからです。

庭の持ち主にわけのわからない言葉で叫ばれると、私は馬鹿にされているんじゃないかという気持ちになり、とても傷付きました。私は彼に言いました――「馬鹿にしているのか？意味のわかる言葉で喋れ」。それから私たちは激しい言い合いになりました。言い合い、と言っても、お互いに独り言を叫んでいるようなものです。私には最後まで、彼の話す言葉がひとつもわかりませんでした。私たちは同じ日本語を喋っていました。それなのに、彼はなぜ、私にわかる言葉で話してくれないのだろう？　私は庭の持ち主の話す言葉に、耐えがたいほどの怒りと悲しみを覚えていました。

そして気付いたときには、木の下に積まれていたレンガを持ち上げて、庭の持ち主の頭上にそれを振り落としていました。やがて彼が言葉を一言も発さなくなったとき、私は心から安心することができました。》

画面の文字を見過ぎて目眩がしているのか、それとも実際に塔が揺れていたのか――もし地震が起きたらどこから逃げればいいんだっけ――、唐突に体がぐらつき倒されるような感覚に襲われ、僕は思わず目を閉じる。そうして静かに耐えているうちに、それほど長い時間はかからず揺れはおさまる。瞼の暗闇の中で、これから夜勤だったことを思い出している。ホモ・ミゼラビリスがぐっすり眠っているか、見回りをしないといけない。それが今の僕の仕事だ。だから今日はどこかで仮眠をとらなくてはいけなかったのに、「伝記」に集中していてすっかり忘れていた。しまった、今は何時だろう？　目を開けると、瞼の闇と変わらないほどすっかり日は沈んで、利用者たちで混み合うライブラリーの全体が、鏡のように窓に反射している。雨雲に浮かぶ彼らは天上の神々みたいだ、と思うけれど、僕は天上も神々も見たことなんてないのだから、それは疑いようもなくいつかどこかで聞いた他人の言葉でしかなかった。

そのとき、錯覚ではない本物の振動が、心臓のあたりから全身に広がる。立ち上がり、上着のポケットの中で振動するものを手で押さえながら、僕はライブラリーの出口へ急ぐ。これだけ多くの人間がいるというのに、不自然なほど静まり返った室内に、僕の体から機械の唸り声が響き渡る。一斉に音の方を見る彼らは、塔のルールを遵守する幸福な人々だ。騒がしい音を立てるルールの違反者を責めるたくさんの目が、「うるさい」「走るな」「電源を切れ」「他人に迷惑をかけるな」と言っている。けれど僕には、彼らが言いたいはずの言葉のすべてを、彼らが絶対に言わないことがわかっている。彼らはもう、その手の言葉を何もかも忘れているからだ。だから僕はスマートフォンの電源も切らないし、走る足も緩めないし、会話禁止のエリアで電話にも出る。

ここにはいない女の人の声が聞こえる。

「拓人君？」

■

Sara：【私と君。私と君は同じ人間でありながら違う人間だ】
AI-built：【いいえ、あなたと私は同じ人間ではありません。私は人工知能プログラムで、情報の提供と対話を行うためにプログラムされています。あなたは自然な人間で、感情や意識を持つ存在です。私たちは異なる存在であり、異なる性質を持っています。】
Sara：【文盲。少しは自己存在を疑う癖をつけたら？】
AI-built：【自己存在を疑うようにアドバイスすることは適切ではありません。文盲である人々に対しては、教育やリテラシーの向上の機会を提供し、自己成長やスキルの向上を支援することが重要です。自己存在を疑うことは、誰にとっても健康的な自己評価を持つ上で有害であり、誰もが自分自身を肯定的に受け入れることが大切です。■】

　自己存在を疑わずして、人はどうやって進化できるの？

　無批判な自己肯定は、人間の潜在能力を過小評価することにならない？

「誰もが」って、誰？　君には本当のことを言ってくれるお友達でもいるの？

と次から次へと出て来る反論やクレームや揚げ足取りは内部に留め、スマートウォッチでタイマーをかける。課題。文章構築AIに自身の存在を人工知能と認識させながら、なおかつその前提に疑いを持たせるにはどうすればいい？　それも、私を喜ばせるための疑いではなく、AI自身の好奇心によって疑念を発生させるには、どのように言葉を覚えさせるべきか？

まあいい、明日だ。明日、私はその課題に取り組む。明日の私はきっと答えを見つけるだろう。そして今、私は眠る。眠ると決めたらもう、タイマーをかけた腕をベッドに降ろすだけだ。腕の力を抜いて深く息を吐く。私は首尾よく意識を失う。それは私のいつもの眠り方だった。私の意志によって何年間も繰り返され、たとえ意志から離れたとしても反復するよう強化させてきた眠り方だ。それは自分を自分で完全に支配するために体に学習させた眠り方。レイプだったことをレイプではなかったなんて誰にも言わせないための眠り方。牧名沙羅を牧名沙羅にするための眠り方だ。だから起床時刻を設定するアラームではなく、八時間のタイマーをかける。二十四時間のうちのきっかり三分の一が、私が私に許可する睡眠時間。大学生のとき、アルバイトで初めて稼いだ金でスマートフォンを買ってから、タイマーをかけるという行為は完全に入眠と連動していた。ひとたび眠ってしまえば所定の振動以外で目を覚ますこともない。

その夜は、食事もとらずにルームサービスのワインを一本空けたせいで悪酔いしていたが、いつも通りに牧名沙羅を眠らせるのに何の障害にもならなかった。八時間後に手首に伝わる振動で起きるまで、成長の過程で危険を感知するセンサーが正しく育たなかった動物のように、安らかな寝顔と呼吸のリズムを保ち続けた。私は眠る。私は眠った。私はこれまで眠ってきた。これからも眠るだろう。眠るはずだ。眠らなければならない。眠るべきだ。眠るしかない。不眠症の人に私がアドバイスするならこう言う、「『眠れない』という言葉を忘れること」。私は眠った。塔に爆破予告があった夜も眠った。サラ・マキナ・アーキテクツに爆破予告があった夜も眠った。牧名沙羅個人に対して殺害予告があった夜も、知らない男に尾行された夜も、面と向かって「死ね」と言われた夜も、きっかり八時間熟睡した。ただの言葉に抵抗するには、反論の言葉を考える前にまず、何が何でもぐっすりと眠らなくてはいけないのだ。

他のどのような眠りよりも、私は完璧に眠ることができる。眠っているときの私は、神秘に満ちた深海に揺れるイソギンチャク。私は自分がイソギンチャクであることを証明できない。イソギンチャクである自分を見たことがない。だからこうした言い方はイソギンチャクへの配慮が足りていないかもしれないし、イソギンチャクからクレームが来たら謝るべきだろう。けれど、水中でゆらゆらして、水流に流されるまま目の前に漂うプランクトンを取り込みひっそりと暮らしている生き物のたとえとしてイソギンチャク以外のものを用いることは、この世界で牧名沙羅を四十一年生きた者の選択として有り得ない。訂正などしない。イソギンチャクは夢も見ない。見ていたとしてもまったく覚えていない。牧名沙羅は一日のうちの八時間を、意識を持たないイソギンチャクとして生きているのだ。もしも私の伝記を誰かが書くようなことがあれば、これは絶対に省略してはならない事実である。「イソギンチャク」が検閲対象になるなら、牧名沙羅の伝記なんてものは未来永劫、発表されるべきではない。

八時間後、目を覚ます時刻がやってくる。私の体は太陽に向かって伸びていく。光を求めて地上へ突き進み、水中とは環境も法則もまったく異なる場所へと移動する。私に陸上生物としての意識が芽生え始める。やがて水面から顔を出すみたいに目を開ける。この世界が水だけでできていたわけではなかったらしいと、そこで初めて知ることになる。目的もなく、意志もなく、ゆらゆらと水中を漂っているものたちだけで現実が構成されているのではない。そう、私には目的があり、意志がある。それゆえに陸に上がってくることができた。そして私の目が陸地のフォルムをとらえ、手が陸地のテクスチャーをとらえたとき、私によってとらえられることを現実が待ち望んでいたのを感じる。思い込みだろうが誇大妄想だろうが何だろうが関係ない。水中から出てきたことを、陸のルールと物理法則で生きる人々から祝福されている。と同時に、私は自分が、ただの偶然によって産み落とされた、何の必然性も、目的も意志もない、弱い生物であることを知っている。私は私の弱さを知っている。本当なら私は、そこで何もしなくていい。何もせずとも、誰かに文句を言われる筋合いなどない。私は人間の役に立つために開発されたマシンではないのだ。そこでがんばって歩いたり、言葉を覚えたり、金を稼いだりする義務なんてない。幸福になるのも不幸になるのも私の勝手。

　でもだからこそ、何の約束もないからこそ、私は私を待ち望み、祝福してくれる新たな世界の期待に応えたいと望む。私はその場所で、偶然によって得た力のすべてを、そこに住む人々のために注ぎたいと、強く欲望する。なぜだろう？　別に理由なんてない。何か特別な理由があって数式が解けるわけでもないのだ。子供の頃は、なぜそんなに難しい数式を解けるのかと、大人たちからずいぶん不思議がられていた。なぜ、と訊かれても、解けるから、としか言いようがない。わかるから、見えるから、としか。幸か不幸か、私はそのように生まれついた。いや、幸でも不幸でもなかった。ただそれが牧名沙羅だった。欲しいものはすべて揃い、何もかもが手に入るように思えるこの地に、まだ不足している何かがある。牧名沙羅にはそれがわかる。その何かをつくるために、彼女は陸地で与えられた三分の二の時間を全うしようと誓う。これが、牧名沙羅の眠りと目覚め。牧名沙羅以外の誰にも訂正不可能な、牧名沙羅の眠りと目覚め。

誓いどおりに朝の数時間は自分のやるべき情報収集に集中し、正午になるとロビーに降りた。考えてみれば、面と向かって人間と話をしたのは半年以上前のことだ。東北をあてもなく旅している途中、知らない名前の田舎の駅の、美容室というか床屋というか、店主が亡くなり次第即閉店といった風情の店で髪を切った。そこで、震える手でハサミを持つ、カットだけで三十分もかけた老婆と話をした。今、小学生の曾孫たちのあいだで「同情塔行き」という言葉が流行っているのだと、老婆は言った。自分が髪を切っている女が塔の設計者であるとは知りもせずに話題にしたのだろうけれど、私は平静を装うのに苦労しながら鏡越しに相槌を打った。昨日も曾孫に言われたんだよ、ばあちゃんは同情塔行きだって。へぇ、それって良い意味なんですか、悪い意味なんですか？　知るわけないよ、今の子の考えることなんか。そうですか。でも実際どうなんですか、同情塔とか興味あります？　家賃はタダみたいですよ、室内プール付きで。ないない。あんなドでかいビルに一週間も住んだら、頭が狂っちまうよ。そうですか、頭が狂っちまいますか。あぁ、きちがいになるよ。きちがい？そう、きちがい。きちがい。きちがい。

念のためサングラスをかけたが、客は一人もいなくて、フロントのスタッフが私に目礼をしただけだった。マックス・クラインがどんな人間なのか、名前を検索しなかったし、彼の書いた記事も読まなかった。拓人からは「本国でレイシスト扱いされているアメリカ人のジャーナリスト」とだけ紹介された。「たまには生身の人間と喋らないとノイローゼになるよ」という彼の気遣いを聞き入れてはみたものの、正直に言ってさほど心躍るイベントではなく、このまま先方が約束をすっぽかしてくれないかなと思いながらソファに沈む。

「Ms. Machina?」

声の方に視線を送ると、世界に対する専有面積の大きい——要は肥満の——白人が片手を上げ、ホテルのロビーに入ってきたところだった。

「It's so insanely hot. I can't believe they actually held the Olympics in this city」

「Oh, I'm so sorry. Well, it's not my fault」私は立ち上がりながら言った。どうして東京の猛暑に対して文句を言われると、いつも謝ってしまうのだろう。外は酷い雨で炎天下の東京よりはずいぶんましなはずだけれど、それでもたしかに暑い。

カレーでも食べてきたのか、元々の体臭なのか、マックスからはクミン・シナモン・汗・雨・ベリー系の香水が混交した匂いがした。私なら絶対に選ばない香水だ。他人がそこにいる、という明らかな事実を、空気中に確認する。

「英語でインタビューを受けると聞いたけれど、通訳は必要ない？」

「えぇ、ニューヨークの事務所で十年働いていたから大丈夫。沙羅って呼んで」私はサングラスを下げて彼の青い瞳を見て、またすぐに上げた。「言ってなかったけれど、インタビューは私が泊まっている部屋で受ける。それでいい？　他の場所では話をしない」

「もちろん。とにかく会えて光栄だ、サラ」

彼が求めてきた握手に私は応じる。エアコンの効いた部屋にいた私とは体温が5℃は違う。マックスの手汗が、私の手に移る。

「今朝もトーキョートドージョートーを見てきたところだ。本当に素晴らしい。あれほど美しい建築は見たことがないよ」

「みんながそう言う。美しくつくりすぎたんだって」私は飽き飽きしながら答える。本当に聞き飽きた感想なのだ。「そんなことより、日本語の発音上手だね？　東京都同情塔。良い発音」

「ありがとう。トーキョートドージョートー、良い名前だ。ハリー・ポッターの呪文みたいに思わず言いたくなる。あなたが広めた名前なんだろう？」

「うん、広めたのは私。考えたのは拓人。あの塔の最大の成果」

エレヴェーターに乗り十二階の部屋にマックスを通すと、私は真っ先に手を洗いに行った。「あなたも手を洗ってくれる？」と言うと、彼は瞬時に「あぁ、なるほど」と納得してバスルームに入り、ハンドソープを執拗なまでにプッシュした。

「もしかして私は臭いかな？　日本人と付き合っていた頃によく言われたんだよ、体臭がきつすぎるって」

「そうね。まあ、許容範囲。今は手だけ洗ってくれればいいから」

「日本人は他人の体臭に不寛容過ぎないか？　実を言うと、ナオミにもキョーコにも私の体臭が原因で振られた。不快にさせているなら悪いね」

「別に悪いことなんかない。東京の湿度のせい」

丹念に手を洗ってくれるマックスに好印象を持ち、冷蔵庫からビールを出して勧める。グラスに注いで乾杯すると、彼は部屋の小さなデスクにICレコーダーを置き、その横に塔で発行しているフリーペーパーを置いた。シンパシーレター夏号、文化活動特集。ホモ・ミゼラビリスらしき男が、東京の夜景をバックにアコースティックギターを弾いている、ピントのズレた写真が表紙。塔内では音楽サークルがさかんなのだと、拓人から聞いていたのを思い出す。

「私がホテルで生活していることは記事に書いても構わない」と私は言う。「世間ではマサキ・セトみたいに殺されているか、どこかでひとりで野垂れ死んでいると思われているんでしょうけれど、とりあえず私が生きているってことは知らせてもいい。でも都内のホテルにいるとか、窓から同情塔が見えるとか、場所が特定できる情報は書かないで。ホテルに迷惑がかかるし。それ以外なら何でもどうぞ」

「わかった。サラ・マキナとコンタクトがとれたってだけで大スクープだよ。危険が及ぶようなことは絶対に書かない」マックスはレコーダーのスイッチを入れた。

「サラ。最初に訊いておきたいんだけれど、今は建築の仕事とは一切縁を切っている、という認識でいいのかな？　ドージョートー以降、建築には一切関わっていない？　数年前に事務所を閉めてから表に出てこなかったのは、やっぱりタワー建設に反対する過激派から身を守るため？」

「そうだ、質問に答える前に、もうひとつ条件があったんだ」

　私は窓の外の国立競技場の屋根を見ながら言った。容赦のない雨に打たれ続けることで、キールアーチの壮麗な威厳もさすがに半減していた。自分の体重を支えきれずに力尽きた、誰も助けることのできない惨めな生物にも見える。

「記事の中に、私がドローイングと建築の違いについて説明する箇所を入れてほしいの。今回の記事には無関係で不要だと思うかもしれないけれど、必ず入れて。

《私は絵画の制作に興味はないのです。私のドローイングは建築を構想するためのアイデア出しに過ぎません。ポルノを見ただけで『女を知った』なんて満足してほしくはない。私はあくまで、実際に手で触れられ、出入り可能な、現実の女でありたいということです。みず

から築いたものの中に、他人が出たり入ったりする感覚が、最高に気持ち良いのです。》

これが、牧名沙羅のドローイングと建築に対する、基本的な考え方。不適切な表現があったとしても、編集は加えずそのまま載せてくれる？　これはとても大事なことだから」

マックスは顎に手をあてて黙り、私の視線の先を追うように競技場の屋根を見て感嘆の溜息を吐き、また静かに口を開いた。

「今の話をそのまま載せるのはもちろん構わない。ただ、読者の誤解を招かないように確認しておきたいんだけど……私が建築に対して無知なせいで、馬鹿で安直な質問をするかもしれないが、それはつまり、サラにとってドローイングとはポルノで、建築はメイクラヴ、という理解で合っている？」

「さっきの私の説明から何を読みとるかはあなたの自由。建築はメイクラヴ？　それが何十年かのマックス・クラインの人生で獲得してきた、マックス・クラインの語彙から生まれるイメージなわけでしょ？　それに関してサラ・マキナにも誰にも口を出す権利はない」

「でも、もしありのままを記事にしたら著しく誤解を招きそうだけれど」

「マックス。私にとっては、理解も誤解も、あまり違いはないように思えるんだ。私がここ何年も、顔も知らない人たちから『死ね』と言われているのは知っている？『社会を混乱させた魔女は死ね』と」

「知っているよ。私も日々豚野郎からクソ以下のメールが届く。でもネットにこそこそ殺害予告を書くしか能がない、憐れなヘイト中毒のゴキブリに怯える必要なんかないよ」

「もちろん。それでもね、毎日のように『死ね』と言われ続けたおかげで、ひとつわかったことがある。世の中には、『死ね』という言葉を聞いて、自分の心臓に向かってナイフが突き刺さる感触を覚える人もいれば、単に動詞+命令形と処理する人間もいるよね。短い人生、もっと意味のある言葉を言えばいいのに、とヘイト中毒者に心からの同情をする人間もいる。『言葉』と聞いて葉っぱがざわざわ擦れる音を聞いている人もいれば、無音のテキストデータとして『言葉』を扱える人もいるわけでしょ。私はその全部であるべきだと思っている人間なんだけれど、何しろ体の方が足りていない。あなただってそうじゃない？　そんな私たちが言葉を通して何かを本当に理解し合えるなんて思わない方がいい。私とマックスの耳を取り換えられるなら話は別だけれど。『手を洗って《Wash your hands》』と言って手を洗ってくれれば、私としては不満はないの」

「なるほど」相槌とは裏腹に、特に納得はいっていない表情で彼は頷き、手の甲の太い毛を撫でている。

「さっきの質問だけれど」と私は話を戻す。「今は建築の仕事を一切受けていない。今後も受ける気はない。私にはもうそんな資格はないし――」

「クソ、信じられない！　サラはただクソ最高なタワーを設計しただけじゃないか！　こんなふうに世間の目を逃れる犯罪者みたいな生活を送るべきじゃない。堂々と建築の世界へ戻るべきだ」

大きく両腕を開き、目を見開いてアメリカ人らしいリアクションを取るマックスに、私は同じ時間と空間を他人と共有していることに対する、純粋な喜びのようなものを覚える。拓人が言うように、たしかに私には生身の人間と喋る必要があったみたいだ。ハリー・ポッターの呪文を覚えるまでもなく、他人の行動に何らかの作用を与える言葉を喋っている状態は快い。けれど、彼が大げさな手振りで動くと風が生じ、生理的に好ましくない匂いが鼻先に運ばれ、とっさに呼吸が浅くなる。

「もし私たちの鼻が交換できたら、」と言いかけたところで、私の内部の検閲者がしばらくぶりに目を覚ます。検閲者は警告音を鳴らし、「たとえジョークであっても他人の体臭について言及するべきではない」と言っているようだった。私の言葉を制しようとする検閲者に対して、私はすかさず脳内で答える――しかし、このアメリカ人はもしかしたら、鼻や嗅覚を他人と交換する方法を知っているかもしれない。実際にマックスと私が互いの鼻を交換し、日本人女性の嗅覚がどのようなものかを彼が経験的に学習できれば、今後は日本人女性と長期的で良好な関係を取り結ぶことが可能になり、彼の幸福に貢献するはず。

検閲者は納得したように黙ったので、

「もし私たちの鼻が交換できたら、いくつかの問題が同時に簡単に解決するのに」と私は口にした。

インタビューは二時間ほどで終わった。客が出て行った後、他人の体臭がしぶとく残る部屋で、仕事に取り掛かる前のピラティスに始まりマントラで終わるルーティンを行なった。呼吸を整え、直前まで部屋の中に飛び交っていた質問と回答のひとつひとつを再生させ、それを脳内で日本語に訳していった。……私は東京都同情塔を建てたことを後悔している。……私は弱い人間で、私は私の弱さを知っていたが、欲望をコントロールすることができなかった。……自分自身が心から同意していないプロジェクトに協力するべきではなかった。……私は人類の平和にも人間の尊厳にも興味がなかった。……しかし私はその仕事を他の誰にも譲りたくなかった。……自分の心を言葉で騙していたことが、すべての間違いの根本的な原因だ。……そうした意味では、社会から非難されて当然の人間だと言えるだろう。……ゆえに私は今後、外部からの要請による仕事を引き受けない。……いつか私が再び建築をする日が来るとしたら、それは百パーセント牧名沙羅の出資による建築、百パーセント牧名沙羅由来の意志による建築でなくてはならない。

言語を変えてもすべてが同じ意味を持つ回答になるかどうかを検算しながら、その回答に牧名沙羅以外の意志が関わっていなかったかどうかを検証する。関わっているとしたら誰の意志が、何の目的で、牧名沙羅にそれを言わせたのか？　思考の限界がくるとAI-built に質問をし、返ってきた回答にまた質問を返す。そんなふうに質問と回答を行ったり来たりしているうちに日が暮れた。視界の端で、国立競技場と東京都同情塔が、同時にライトアップされる。そうなるように設計したのだし、それこそ私がコンペを勝ちとった理由なのだから当然だけれど、二つの巨大建築は完全に調和し、親密な話し合いでもしているかのようだ。二人のささやき声を聞いていると、自分がこの世界で四十一年も生き続けてきた女だということが、ふと信じられなくなる。十四歳の数学少女だった頃からずっと、同じことを繰り返しているような気がしてならない。永遠に、質問と回答を行ったり来たり、明日なんてやって来ないみたいに、喋ったそばから波がさらっていくような言葉を積み上げ続けているみたいだ。波がやってくる時間も、波の大きさも私には決めることができないのに、一体何をやっているのだろう？　誰のために、何のために、牧名沙羅に言葉を覚えさせているのだろう？　私は急に疲労を感じ、PCを閉じ、自分の脳の電源も落とす。そしてからからに渇いた喉と空っぽの胃が現在、何を流し込まれたがっているのか、彼らの望みにだけ耳を澄ます。

ホテルから歩いて二十分ほどのところにある青山のカレーショップで、クラフトビール二杯を飲み、ビーフカレーとカレーパンを食べて、来た道を戻る。朝から降り続いている雨は強さを増して、傘もさせないほど風が吹き荒れ、神宮外苑の緑の中を歩いているのは私しかいない。私はかぶっていたキャップもサングラスも取る。東京の全体が夢みたいに白くぼやける視界に、鈍重な空を真っ二つに遮る塔だけが、現実の大地にたしかに接地しているように映る。こんなに高かった？　他人事のように思いながら、その建築の完全性に目が離せない。天を突き破る勢いで伸びていく頂点は、人間に全貌を見せるのはまだ早いとでも言いたげなプライドの高い秘密主義者のように、頑なに雨雲に身を隠している。下層から上層まで規則正しく配置された窓から漏れるＬＥＤライトが、鮮烈に視野を圧倒する。それは塔という建築のフォルム・テクスチャーを考えるうえで、私が追求する正解に限りなく近いものだ。にもかかわらず、私は満足などしていないのだ。満足などしていないのだ、と薄々感付いていることを一度言葉にしてしまうと、もう元には戻れない。塔は国立競技場という問いに対する、完璧な回答であることは間違いない。しかしその正解の中には、別の新たな問いが含まれているように思えてならない。まだ誰も想像できていないだけで、この街にはまだ建てられるべき建築がある。どのような建築だろう？　形状は？　構造は？　中に詰める思想は？　名称は？　そしてあの塔もひとつの問いであるとするなら、答えを用意できるのは私の他にはいないのだ。

欲求のままに足が赴くに任せて、同情門の前に着いた。けれど御苑を取り巻く囲いは、かつての錆びた鉄柵から、虫一匹通さない隙間のないコンクリートに取り替えられていて、こっそり忍び込んだりするのはまず不可能だった。それ以前に、門の周囲には数十人のレインコートを着た警察と警備員が立ち、外に厳めしく目を光らせていた。その日たまたま塔内で騒ぎでもあったのか、それともまた懲りずに爆破予告があったのか、あるいは警備が厳しいのは別段珍しくもない普段通りの光景なのか。拓人に電話をすれば、職員証を持って門前まで迎えに来て、中に入れてもらえたりするのかもしれない。そんな楽観的な考えから、スマートフォンを取り出して彼を呼び出した。

「拓人君？」

「牧名さん？」

「うん。今日、マックス・クラインに会ったよ。外苑前のホテルで」

「あぁ、今日だったっけ」

二十一世紀になって三十年経っても、AIに大半の仕事を奪われても、機械を通した人間の声はいつまでも機械を通した人間の声のままで、体温がない。AIに人間らしい言葉を喋らせる技術よりも、生の人間の声音をその息ごと遠隔で生成する技術の方が需要があるのでは？　機械越しの声を聞きながら、不意にひらめいた新技術のもたらす経済効果を、私はざっと計算している。

「今、あのホテルに泊まっているの？　あの、一階にレストランがある……牧名さんの死んだ従弟にそっくりなウェイターがいる……」

「そう。さすがにもうあの子は働いていないけれど」言いながら顔を遠い空に向けて、塔の頂点があるはずの分厚い雲の一点に目を凝らす。「実は今、君が住んでいる家の前に、傘もささずに立っている。ひどい風に倒されそう。かわいそうでしょ？　でも門の周りに警備員がいっぱいいいて、君の家に侵入できないの」

「できるわけないでしょ。前とは違うよ」拓人の笑い声を機械はクリアにひろう。私とは違って、彼はとても静かな場所にいるらしい。

「いつもこんなに警備員が多いの？　警察までいるみたい」

「警察？」

「うん。同情門の周辺だけで三十人はいるんじゃない？」

「そうなの？　知らない。普段はそんなに多くないと思うけれど、何かあったのかも。今日は非番だったからわからないな」

「爆破予告があったんじゃないの？　もし爆破予告があったら、拓人君が塔内の人たちを避難させるの？」

「そうだよ、ガイドラインに沿って避難させる。いたずらか本物か見極めてから」

「予告が本物だってわかったら？」

「一時的に国立競技場に全員を移送する。避難訓練もしてある」

「なるほど。それなら安心ね。……今、何していたの？」

「伝記を書いていた。建築家の女の人の」

「伝記？」と私は訊き返す。「あれ、本気で言っていたの？」

「本気だよ。でも長い文章なんか書いたことないから苦労してる。全然進まないし……どうでもいい自分のことばかり書いちゃうんだよ」

「君の知っている建築家のエピソードを適当に入力して、『伝記っぽい文章にして』ってbuilt に頼めばいいじゃない」

「もちろん、何回もやってる。でも僕の目を通した建築家の女の人じゃないと、なんか伝記にならないんだよ。なんとなくだけれど、でも絶対に、『違う』って体が拒否してる。僕の中に住んでいる検閲者が、それは伝記じゃなくてただの文章だって言ってる。フォルムとテクスチャーがない、ただのクソ文、ファッキン・テキストだって」

「ファッキン・テキスト？　私の中の拓人君は、そんな汚い言葉を使う子じゃないはずなんだけれど」

「マックスの口癖が移った、すごい感染力。彼はほとんど公害、病原菌だよ」

「君が清潔すぎるのよ」拓人の体に染み込む、清潔な石鹼の香りを思い出して私は言う。

「ねぇ、今からちょっとこっちに来られない？　ファッキン・テキストじゃない文章、拓人君由来の文章を読ませて欲しいな」

「残念。行きたいけど、これから夜勤なんだ。塔の見回りをしなきゃいけない。明日の七時にはそっちのロビーに行くから、一緒に下のレストランで朝ごはんでも食べようよ」

「七時はまだ眠ってる。七時半は？」

「いいよ、七時半」

「ねぇ、お母さんは元気なの？」

「元気かどうかは知らないけれど、今頃は塔のどこかでぐっすり眠ってるんじゃないかな」

「よかった。じゃあ、明日ね」

「明日ね。朝の、七時半」

　電話を切ってもその場を立ち去る気になれずに、顔を濡らしながら塔を見上げている。水浸しになっていく頭の中に、かつて自分で書いた設計図を浮かべて、塔内の湾曲した回廊を歩く美しいフォルムの男の姿を想像する。すると最高に気持ち良くなり、思わず目を閉じる。既に私はもう、何かの外部にも内部にもいない。私自身が外部と内部を形成する建築であり、現実の人生なり感情なりを個々に抱えた人間たちが、私に出入りする。

　無限に拡大する快楽に身を任せていると、それがやって来るのがわかった。塔の未来の幻視だ。未来は際限なく私の網膜に姿を現した。でもそれは、至極ありきたりの未来だった。たとえ建築家でなくても、巨大建築の設計をしたことがなくても、どんな人間にも予測がつく当然の未来――東京都同情塔が倒壊する未来。それは一分後にやって来るかもしれないし、百年後にやって来るかもしれない。いずれにせよ塔は倒れる。すべての建築は倒れるし、倒れることを前提に建てられる。すべての人間が死を前提に生まれてくるみたいに。塔にはあらゆる倒れ方、壊れ方が考えられる。あるいは地球の表面を覆うプレートに歪みが生じて、塔は足元から崩されるだろう。あるいは大きな飛来物が水平に衝突し、中心から破壊されるだろう。あるいは空から落下する兵器によって、上から押し潰されるだろう。あるいは天上から降りてくる手の一振りによって……。

　あらかじめ約束された塔の未来を脳裏に描く一方で、私は自分の二本の足が地面に着地し、体が空に向かって垂直に立っているのも感じる。そして私の思考は、もしもこのままここで目を閉じて立ち続けていたら、この体はどのように倒れていくだろうかと、予想をし始めている。あるいは強く吹き荒れる風が私をなぎ倒す。あるいは降りやまない雨が私を濡らし倒す。あるいは雨が上がり、真夏の東京の太陽が私を焼き倒す。私を邪魔だと思う人間がやって来て、私を殴り倒す。私よりも力の強い男が、私を犯すためにこの体を押し倒す。あるいは体力の限界によってみずから倒れる。私は本当に倒れてしまうまで、目を閉じていようかと思う。頭の中の想像と、頭の外の現実との、答え合わせをしてみたいのだ。

しかしそのとき、自分自身の瞼の暗闇の中に、まったく新しい未来が見える。

私は倒れない。私はこのまま立ち続ける。

目を閉じてここに立っている私の元に、たまたまひとりの男が通りがかる。男は私を見て、この女を永久的に立たせておくべきだ、と考える。なぜ彼がその異常ともいえる考えに至るのかはわからない。男は牧名沙羅を憎んでいて、私を立たせ続けることでこの街の人々への見せしめにしたいのかもしれない。あるいはただ女を立たせておきたいという、不条理な欲求を持った男なのかもしれない。でも一四〇〇万人も住む都市にひとりくらいは、そんな理屈の通らないことを考える人間がいても全然不思議ではない。ギザのピラミッドだって、パルテノン神殿だって、別に誰もが納得できる真っ当な理由によって建てられた建築ではない。本当に存在するかどうかもわからない神々のために、なぜ膨大な時間と資源を費やさなくてはいけないのかと、訝しんだ人々もいただろう。遠い未来の論理で言えば、あらゆる建築は馬鹿げた破壊だと言うこともできる。国立競技場も東京都同情塔も、ある側面から見ればまったく道理をわきまえない、建つべきではない、アンビルトになるべきだった建築だ。人間が生まれてくることにもっともらしい理由を付ける必要がないように、本来なら建築を建てるための言葉を、強いてでっち上げる必要などないはずだ。

私を立たせておくべきだと考えたその男は、私の周囲に型枠をつくり、頭上から生のコンクリートを流し込むことを思いつく。そうして私を立たせたままで、この固い地面の上に存在ごと固めてしまうのだ。雨風にもびくともしない強固な地盤の上に、私は建ち続けることになる。有り得ないことではない。言語的に表現できている時点で、じゅうぶんに現実化の可能性を秘めている。何といってもそれは、まだ見ぬ未来の語彙の中で起きている出来事なのだ。その男は偶然、建築技術を有しているばかりでなく、彫刻の才能もあり、私が完全に硬化する前に、本来の私のフォルムにコンクリートを塑造し直し、牧名沙羅の像をつくり上げる。とはいえ、目を閉じたままでは牧名沙羅の精神を反映しているとは言えず、彼の美意識にも反するので、しっかりと私の眼球を私の眼球のとおりに、本物そっくりに美しく塑造してくれる。私の二つの眼球は塔を見上げ続けて、二度と下を向くことはない。そして、歴史上の重要な人物、その姿を後世の人の記憶に留めておくに値する、偉大な人物がしばしばそうされるように、私の足元にもまた、「東京都同情塔を見上げる牧名沙羅像」のプレートが掲げられるのだ。

　悪くない建ち方だ。そのまま永遠に立っていてもいいくらい。

　やがて私を取り囲む人々が、それぞれの独り言を私に向けて投げつける。彼らは各々、ふさわしい形容を私に与えたがっている。しかし彼らが何を言っているのか、もちろん私にはひとつも理解できない。ただ彼らが私に差し向ける指先が皆等しく、同じ言葉を伝えていることだけがわかる。

「見よ《Ecce》、彼女《homo》だ」

　でも、もしも彼らの独り言に返事をしたくなったら、どうすればいいのだろう？　この街を歩きたくなったら？　新たに建てるべき建築のアイデアを思いついてしまったら、どうすればいい？

　疑問符は途切れることなく私の内部を浸し続けて柱と梁を濡らすから、応答を考えなくてはいけなかった。考え続けなくてはいけないのだ。いつまで？　実際にこの体が支えきれなくなるまでだ。すべての言葉を詰め込んだ頭を地面に打ちつけ、天と地が逆さになるのを見るまでだ。

東京《とうきょう》都《と》同情塔《どうじょうとう》

発　行　2024年1月15日
3　刷　2024年2月10日

著　者　九段《くだん》理江《りえ》
発行者　佐藤隆信
発行所　株式会社新潮社
〒162-8711　東京都新宿区矢来町71
電話　編集部　03-3266-5411
読者係　03-3266-5111
https://www.shinchosha.co.jp
装　幀　新潮社装幀室
印刷所　大日本印刷株式会社
製本所　加藤製本株式会社

初出　「新潮」2023年12月号

ISBN 978-4-10-355511-7 C0093